华文微经典

中国微型小说学会
世界华文微型小说研究会
主持

董农政

窗外是窗外吗

四川出版集团　四川文艺出版社

图书在版编目（CIP）数据

窗外是窗外吗 /（新加坡）董农政著 . -- 成都：四川文艺出版社，2013.3
（华文微经典）
ISBN 978-7-5411-3645-0

Ⅰ . ①窗… Ⅱ . ①董… Ⅲ . ①小小说 - 小说集 - 新加坡 - 现代 Ⅳ . ① I339.45

中国版本图书馆 CIP 数据核字 (2013) 第 027796 号

华文微经典
HUAWEN WEI JINGDIAN
[世界华文微型小说经典]

窗外是窗外吗

CHUANGWAI SHI CHUANGWAI MA

[新加坡] 董农政　著

选题策划	时上悦读
责任编辑	郭　健
封面设计	所以设计馆

出版发行　四川出版集团　四川文艺出版社
社　　址　四川省成都市槐树街 2 号
网　　址　www.scwys.com
电　　话　028-86259285（发行部）　　028-86259303（编辑部）
传　　真　028-86259306
读者服务　028-86259293

印　　刷　北京山华苑印刷有限责任公司
开　　本　650mm×920mm　1/16
印　　张　13
字　　数　120 千
版　　次　2013 年 4 月第一版
印　　次　2014 年 1 月第二次印刷
书　　号　ISBN 978-7-5411-3645-0
定　　价　35.00 元

华文微经典

作者简介

　　董农政，新加坡人，出生于中国福州。中学时期开始创作，获多项新加坡全国诗歌创作比赛大奖。作品有诗歌、散文、小说、儿童文学、影评、剧评等。曾任新加坡《南洋商报》、《联合晚报》副刊编辑，主编晚报文艺版《晚风》与《文艺》，新加坡作协刊物《微型小说季刊》《新华文学》微型小说类主编。现为中天文化学会顾问、新加坡作家协会受邀理事、五月诗社会员。曾主编作协刊物《微型小说季刊》《新华文学》，编选《跨世纪微型小说选》。著有散文及微型小说集《伤舍》、七人合集《现实的残梦》、诗集《一抹芙蓉泣断水乡外》与《心雪》、微型小说集《没有时间的雪》与《董农政微型小说选》等。目前从事堪舆行业，出版了二十余本术数丛书：《风水斗》（风水与紫微斗数小说、乡野传奇）、《字中运》（测字学）、《你家风水好吗？》（风水实例）等。

前言

有人曾说，地不分东西南北，凡有人类生活的地方，就有华人的身影。话虽有玩笑的成分，但当前华人遍布世界各地，却也是不争的事实。扎根世界各地的炎黄子孙，他们的生活状况如何？他们的情感世界怎样？他们的所思所想何在？……要找到这些答案，阅读他们以母语写下的文字无疑是最好的方法之一。诚然，并不是有华人的地方就有华文创作，但在一些主要的国家和地区，华文创作几十上百年来一直薪火相传所结出的果实，显然也是令人瞩目的。遗憾的是，因为多种原因，国内的读者多年来对海外的华文创作了解甚少。尤其对广布世界各地的华文微型小说这一重要且具代表性的文体，更只是偶窥一斑而不见全貌。"华文微经典"丛书的出版，可谓弥补了这一缺憾。

海外的华文微型小说创作，主要分为东南亚和美澳日欧两大板块。两大板块中，又以东南亚的创作最为积极活跃，成果也更为突出。东南亚华文微型小说创作兴起于二十世纪八十年代初，各国在时间上又略有先后。最早开始有意识地从事微型小说的创作，并且有意识地对这一新文体进行探索、总结和研究，而且创作数量喜人、作品质量达到了一定艺术高度的，是新加坡和马来西亚；稍后于新加坡和马来西亚的是泰国，再后是菲律宾和文莱，再后是印度尼西亚。在发展过程中，各国的创作曾一度因具体的历史原因而存在较大的差距，但这一状况在近十年来正日益得到改善。

美澳日欧板块则因创作者相对分散，在力量的聚集上略逊于东南亚板块。不过网络的发展正在弥补这一缺憾，例如新移民作家利用网络平台对散居各地的创作进行整合，就已显现出聚合的成效。

新移民的创作是海外华文微型小说创作中近十多年来涌现出的一股新力量。尤其是近年来随着作家对当地文化和生活的日渐融入，其创作已日渐呈现出新视野，题材表现也开始渐渐与大陆生活经验拉开了距离，具有了海外写作的特质。

以上是对海外华文微型小说发展的一个简单梳理，而"华文微经典"丛书的出版，正是对这一梳理的具体呈现（为避免有遗珠之憾，丛书也将有别于中国内地写作的港澳地区的华文微型小说写作归入其中）。通过系统、全面、集中的出版，读者不仅可以得见世界范围内华文微型小说创作风姿多样的全貌，更可从中了解世界各地华人的文化与生活状况，感受他们浓郁的文化乡愁，体察他们坚实的社会良知，深入他们博大的人文关怀，触摸他们孜孜不懈的艺术追求。书籍的出版是为了文化和文明的传播与传承，我们希望这一套丛书能实现一些文化担当。我们有太长的时间忽略了对他们的关注，现在是校正这种偏差的时候了。这也正是丛书出版的意义和价值之所在吧。

目录

3

别太大声

　　修复后的晚晴园，在辛亥革命百年纪念时重新开放。年轻夫妇带着小孩参观。

　　母亲兴致勃勃地在孙中山像跟前大声说："Ryan，来，告诉爸爸，这三个字怎么念——他很有名的——嗯——给你一个暗示，第一个字是，孙。"

　　"孙？"小孩大声地说，"我知道，是，孙，燕，姿。"

　　"No！No！No！No！"说话的是母亲，尝试尽量压低声量，"Don't be so loud."

淙淙匆匆

一人对李商隐说：你的诗太过隐涩，有时不明白你要说什么。

李商隐：可喜欢小桥流水、田园景色？

那人：喜欢！不过……嗯，好久……

李商隐：流水淙淙，可是好听？

那人：好听。

李商隐：听出淙淙美音在说何事？

那人：流水在说事吗？

有人通过 ipad 上网找淙淙的意思。

有人在搜索淙淙流水的情景。

创意人的竹

一张长满翠绿竹子向天欢语的大照片，摆在几个创意人眼前。

奇说：顶部的竹子占满了天空，用电脑修一修，加几道天光洒下，有上帝的味道。嗯！好！

谋说：我倒觉得将根部模糊，用电脑造些缭绕的云雾，有仙的降落。哟！好！

精说：中间开一条路，有世外桃源的开阔。哗！好！

悍说：去上下留中间，制造一百八十度的辽阔，坐拥天下。哈！好！

有一个人说：要不要问问照片的意思？

……照片可以有意思的吗？我们是创意人呢！你真是本末倒置。

冷气机吹来的冷风轻轻掀动照片。又静了下来……

仙窍

专家从井底上来，找不到半点关于近百人跳入井后失踪的线索，只挖到一块石头，上面刻了许多不知哪一国哪一个年代的文字（或者图案）。

这里的人都有类似的经历：我看到阿东（或者阿西或者阿南），他要跳下去，我要阻止，阿东说，我了解了，说完，就跳了下去。我跑到井边，往井底看，井不是很深，就是看不到。阿东消失了。

几天后专家译出石上的文字：只有愿舍人，才能依此入净——仙窍。

这个村有一百零八人，他们都是在这里修行近百年而没有结果的树。

百年后这里长满仙草，其他地方来的人，把仙草熬成仙草水解渴，没人理会那口井。

社工个案

　　老妇颤抖的手终于将画了半天符的钥匙，插入门锁孔。

　　她真的应该吃多一些，连拿钥匙的力气都没有。可怜的老人，刚才在楼下咖啡店，看她叫了一碗粥一碟豆芽。噢！这算得上一餐吗？一定得帮帮她。

　　卉宜打定主意，马上迈步向老妇走去，出示了证件后，即刻帮她将门打开。"我会帮你向福利部申请更多的辅助金，阿婆，要多吃点！"说完卉宜帮忙收拾这一房式的空间，手忙脚乱地弄翻了一堆铁罐，乒乒乓乓声中撒了一地的一叠叠五十元钞票。

　　"哇！发咯！"轻轻惊呼的卉宜心虚地望向老妇。

　　同时间，老妇心浮地说："太多我吃不下。"

慢得要死

盛思被前面那辆慢速的车气得要死。他猛踩油门，冒着危险，在只有一条车道的夜色里，快速越过那车。停车，下车，拦车。盛思走到那车的驾驶位旁，对着没有玻璃的窗口破口怒喝："你怎么开车的，慢得要死。"那人惊惶地说："是呀！死了！快嘛。"

月下的这句回答吓退盛思怒冲冲的步伐。惨淡里他看到车里那人惨淡的脸，是自己。

更惨淡的是，车是纸扎的。刹那，盛思思路短路。回过神后，盛思慢慢对自己说："是呀！这车这路，快不得。"说完慢慢打开车门。

路边有一朵花，不知道要不要开，不知道是不是昙花。

死在干裂的土块里

　　这个世界只有两种生物，一是猫，一是鱼。

　　猫靠吃鱼过日子。鱼靠什么过日子，不是很清楚。只知道鱼靠水躲开猫的捕食，所以鱼喜欢水涨的日子，不喜欢水退的日子。

　　不论水涨水退，猫总在岸边伺机猎鱼。水涨概率低，水退概率高。

　　好长一段日子了，水一直在退，都没涨过。

　　猫开心死了，吃了好多鱼。鱼担心死了，被猫吃掉了好多。

　　很快地，水退到了底。慢慢地，水干涸了。很快地，水底的土干裂了。

　　岸边的猫全死光了。饿死的。

　　鱼也死光了。

在不是很远的地方，有另一个世界，后来的文明称它为太阳。太阳上住了另一种生物，后来的文明称它为人类。人类喜欢火，吃东西要用火煮，还有用火烧的烛光晚餐。人类聚会要烧营火，欢庆要烧烟火，抽烟要烧烟火，打架要烧战火，开战要烧炮火，拜佛要烧香火，晚上打鱼要烧渔火，游艺活动要烧社火。人类脾气不好会光火，发怒会动肝火，生气会冒火，骚乱会放火，制造是非会点火，害人会纵火，不小心会走火，憋气会窝火，死了会变鬼火。总之一切红火，没人理是否过火。这个世界长久上火，而且都是心火，整个球体火了。后来的文明称这个世界为太阳的原因就在此。

太阳的红火，令附近的星体都干涸了。

后来的文明发现了猫、鱼的化石，没发现人类，只从一直冒烟的太阳光粒中，知道了人类。

建炼丹宫的后果

小黑与小红在路中央碰了面。

"这个时候你怎么会往我那边跑？"小红问。

"那边变热了。"小黑边说边翘起尾巴，"你看，我的尾巴都快烤焦了。"

"这个时候怎么会热，这个时候那边不是大冷天吗？"

"就是嘛！好奇怪！"小黑说着，突然问小红："你呢？这个时候你怎么会往我那边跑？"

"那边变冷了。"小红边说边翘起尾巴，"你看，我的尾巴都快冻僵了。"

"是呀！好奇怪！不是说好我那边的气温上半年处于冷界面下半年处于热界面，你那边的气温上半年处于热界面下半年处于冷界面，这样喜冷的我和喜热的你，只要每半年交换一次住所就行了。但是现在还在上半年时段，你那边怎么就变冷，我那边却变热？"小黑有点热得慌热得幻。

"管不了那么多了啦！反正两边气温已提早变化，那我们就提早搬家嘛！"小红也冷得有些不对劲。

两天后。小黑与小红又在路中央碰了面。

"这个时候你怎么会往我那边跑？"小红问。

"那边变热了。"小黑边说边翘起尾巴，"你看，我的尾巴已经烤焦了。"

"这个时候怎么会热，这个时候那边不是大冷天吗？"

"就是嘛！好奇怪！"小黑说着，突然问小红，"你呢？这个时候你怎么会往我那边跑？"

"那边变冷了。"小红边说边翘起尾巴，"你看，我的尾巴也被冻僵了。"

两天后。小黑与小红又在路中央碰了面。

小黑的尾巴变红了。

小红的尾巴变黑了。

小红与小黑都是天庭的稀有吉祥兽，玉帝让小红住南边小黑住北边，南边北边隔了一条不是很宽的 S 形云路，由一位官员负责照顾它们的住处温度，半年调整互动温度一次，小红小黑就会互迁住处一次。这是阴阳依恋，乾坤生情的重要事件。这事办妥了，天庭就安乐了。可是这一年，那位官员失职了。那位官员挪用了阴阳的能量，在离天庭很远的西境，建了一座炼丹宫。

小黑小红出事了，天庭也跟着出事：宫里蟠桃树的叶子，全枯黄得像地府冥纸，只差没焚着失魂；宫里仙女的乌黑云鬓，全冰冻成严冬雪白，只差没毁了容颜；宫里东边的云池，干燥得如出炉骨灰，只差没烧焦魂魄；宫里西边的浴池，高涨得如打肿的脸庞，只差没暴出面具。

玉帝大怒，将那官员贬入人间。

可以任吃木瓜的木瓜鸟

"你就是林大头吧！"天公仔不知为何能如入无人之境般地闯入林木管理局 CEO 的高科技办公室。

"我是这里的 CEO，我与你有约吗？"

"你不就是为国家为我们服务的吗？没约就不能找你吗？"

这人应该不容易应付，"哦！你好。请问找我有什么事？"

天公仔掏出最先进的 F 录像手机，播了一段录像给林大头看。是一只木瓜鸟在啄食木瓜树上木瓜的录像片段。

林大头摸不着头脑，"这是……这是……"

"这鸟，在吃木瓜。"天公仔涨红脸说。

"我看到了呀！但是这跟你闯进……呃……来找我有什么关联？"

"你得开罚单给这鸟。"

林大头摸不着头脑，一脸问号。

"前两天你们开了罚单给我，说我摘了路边芒果树的芒果是犯法的。"

"没错，所有路边的林木都是国有的，私人是不能乱摘的，这是皇家律法。"

"所以这鸟吃了树上的木瓜也犯了法，开罚单给它。"

林大头听着这话，似乎有那么一点不合逻辑，但又说不出所以然，"鸟，鸟，鸟是鸟，不是人，不算犯法。"

"这鸟总还是我们国内的鸟，吃了国家树上的木瓜，跟我摘了国家路边树上的芒果，不都一样吗？开罚单。否则我向上面告你。"

林大头灵光一闪，"你在什么地方拍到的？"

"ABC 自然保护区。"

"哦！自然保护区不归林木管理局管理，你来错地方了。"

天公仔怒火暗燃，拿起林大头桌上的钢尺，边往林大头头上挥边问："你不管谁管？"

"皇家管呀！救命呀！"林大头已暗中启动保安警铃。

钢尺挥中林大头的头，保安人员押走天公仔。

天庭判天公仔变成一只木瓜鸟，并下令只有木瓜鸟可以任意吃木瓜树上的木瓜。

这是一则流传九重天的热门微型小说。

有尾巴说，天公仔本来就是由木瓜鸟变成的。

三世

圣人问智者：大树的前世是什么？

智者答：现在的大地。

智者问圣人：大地的后世是什么？

圣人答：现在的大天。

圣人问智者：大天的前世是什么？

一个路人冒出来：现在的大树。

路人、圣人与智者皆望着沟渠边一朵白花，微笑。

血的形血的神

一

　　"你已经半年没有作品了，"当初重金请陶生过来的国家艺术推展经理有点不满地说，"我们对你是有期望的，否则也不会花那么多人力财力让你成为新移民。"

　　"我找不到与石湾同样质感的泥土，"陶生是石湾的艺术大师，更是中国国家级的艺术大师，"无法有作品！"

　　"没有石湾泥土，你的艺术才华总还有吧！"经理说，"你的捏塑艺术是理论与艺术兼备，作品又是形神俱佳，哪里的泥，哪里的土，到了你手中，不都是一样吗？"

　　"……"

二

　　两年后。

陶生推出二十件在新加坡创作的形神兼备的捏塑作品，并在国家级的新加坡艺术大殿堂展出，为期一个月。

展出期间，观赏的人多，以重金收购陶生作品的人也多，展出引起极大反响与轰动。

艺术界都说那是：血的形，血的神。

三

"有人要杀我，"到新加坡半年后，陶生第一次到警岗报案，"那人，噢！不，我不肯定那是不是人，它，它割伤我的手，我流了很多血。"

之后，陶生陆陆续续上了警岗警局好几十次，但连本国最精明干练的破案专员，都无法帮这位新移民找出凶手。

四

我呢！是转行不到两年的探员，在陶生开个展的前一个星期，被我那快要崩溃的上司（因为国家艺术发展经理不断向国家侦查局投诉）派到陶生家二十四小时暗中查案兼保护陶生。

就在第二天夜里，我看见有人潜入陶生的工作室，我尾随入内，只见那人死命按着陶生的脸，死命用刀子在陶生手脚上划。血，流入陶生用来雕塑的泥土。

"我是国家侦查局探员，将刀放下，高举双手。"

那人迟疑了一下，又继续划。

怦！子弹从枪口迸出。

那人倒下，我上前掀开倒在陶生身上的那人。

啊！那人竟是陶生捏出来的陶……是陶生自己吗？不，陶生已倒在自己的血中。

陶生最终因失血过多，死了。

五

展出期间，记者、评论家问了陶生许多问题，我都一一回答了，而且都是境界很高的回答。我想我该回到以前的行业。

没有人看得出我不是陶生，因为我长得很像陶生。

出与入

　　老母亲在背后说：如果你想彻底了，我愿意随你隐入山林。

　　重耳在山林外说：如果你想彻底了，我可以熄掉林火，熄掉一切恩怨的火。

　　介之推在山林中，用一滴眼泪浇熄所有的同甘所有的共苦，发现泪窜入自己嘴角，只有所有苦。

　　山林的上空，那块忍痛割下来的腿肉，滴着想彻底了的血，不知该投向哪堆火。

　　抱着山抱着木，介之推彻底烧了？

　　那快腿肉早在重耳的胃里彻底地消化了？

拍蚊子

大和尚升座讲唯识。

众人等听得唯唯诺诺。

一只蚊子在大和尚与众人间徘徊。

一位居士盯了它很久，看准时机，双手往空中一拍，"啪"，讲堂响起回声。

没人有反应。

"是蚊子！"那位居士很讶异地说。

其他人讶异地望着他。

死不了

徒弟去探望听说得了重病的师父，却看到精神奕奕的双眼。

"为什么师父不是躺在病床上？"

"为什么要躺在病床上？"

"外界传说师父已病重。"

"是呀！没错！"师傅话还没说完，徒弟看到的师父是一张贴在床上惨白的脸。

"不！不！师父有大能力，是不会病的。"

"也是外界传说？"

徒弟拼命点头。

"是呀！没错！"师父话还没说完，徒弟看到的师父是一张背后有光环的脸。

徒弟茫然。回去后一直病，好不了，也死不了。

醒不了

"为什么会叫百金？"

"百金，一百金，是不是因为一定要给一百块？"

"是白金，不是百金！"

"为什么会叫白金？一定要给白金吗？钞票不行吗？"

"正确的说法是帛金。"

"为什么要叫帛金？要用帛来代替一百块？"

"你很有学问，"声音阴森森的，"连帛金都懂，但我搞不懂为什么你不专心打你的麻将？"声音是棺材里那人说的。

人一下子惊走了，掉了东风在桌下。

绝不了

京京伤心欲绝地蹲在华丽的屋里。

之所以伤心是因为所有的同伴都死了。

屋顶响起有节奏的敲击声。

京京不敢出去看是什么在敲屋顶。

京京出去，看见屋顶上它的主人在敲木鱼一样敲着屋顶，但主人已经变成和它一样的狗。

藏

一只白眉绿锈眼。

另一只白眉绿锈眼。

同样大小，样子一样。

另一只锈眼吞了一只锈眼。

我强行扒开另一只锈眼的喙，用拔眉毛的夹子，把一只锈眼夹出来，它好像断了气，我在它的胸腔那里揉了两下。

它活了过来。另一只锈眼却好像快死掉的样子。

我停止揉，另一只锈眼活了。一只锈眼没气了。

我再揉，它活了过来，另一只锈眼却好像快要死掉的样子。

我停止揉，另一只锈眼活了。一只锈眼没气了。

马桶进化史

为什么你上厕所前不先把坐垫掀起，弄得整个坐垫上都是尿。女人这样埋怨。

为什么你上完厕所不把坐垫掀起，这样，我上厕所的时候，不就不会弄得整个坐垫上都是尿吗？男人这样埋怨。

上帝于是发明了蹲式厕所。

慢慢地，世上没了坐式马桶。

窗外是窗外吗

"孩子偷偷上了色情网站。"妻子一脸铁青地说。

"那是他的事。"我说。

"这话你也说得出口,那可是你的孩子呀!"妻子铁青的脸更铁青了,"再说,他用的是我的网络户头,花了我好多钱。"妻子气了。

"那是你的事。"我说。

"你说什么?你还是人吗?你还是人家的父亲吗?你还是人家的丈夫吗?"妻子的脸红了,"到底什么事才是你的事?"

"这就是我的事。"我说。

气爆的妻子想起广播里的一则笑话:

"隔壁的女人怀孕了。"妻子说。

"那是她的事。"

"可是她怀的是你的孩子。"妻子说。

"那是我的事。"

"可是我该怎么办呢！"

"那是你的事。"

窗外的树因为要建新屋子而被铲除了。

窗外是窗外了。

建了新屋子后，窗外是窗外吗？

妻子不知何故竟想了这些。

生生世世要你

雾气迷漫。几许妖气缭绕其中。

雾里，七位道长双眼半闭、左腿向前虚提、右腿微曲而立。他们用这样的姿势，分别站在天璇、天玑、天权、玉衡、开阳、摇光，口中念动北斗七星真言——紫贪巨禄文廉武破，紫贪巨禄文廉武破，紫贪巨禄文廉武破——

破字一出，雾气骤散，妖娆之气，也霎时隐退，天上本是隐隐约约的北斗七星，亦突然光芒四射。可惜破音一灭，雾气迷漫，妖气缭绕，天边北斗又隐隐约约，七位道长的身形，似乎也模糊起来。

"玄空北斗阵的威力应不只如此，可惜你等七人修为尚浅，无法将七星的正气催到极致，再过一刻钟，天上七星一散，呵呵呵，"声音来自妖气里，时男时女时老时少，好不诡异，"你七人自身难保，不如乖乖交出奇兵……"

"銮舆，你与奇兵的恩怨，已过了七世，难道还没参透个中因缘？”为首的道长说。

“奇兵负我的，千世都还不了，又岂是你等所能了解，更别用骗人的因缘来推搪。”雾里的妖气叫銮舆，“我一开始就说了，我做鬼也不放过他。”

“你已做了近五百年的鬼，怨艾一世比一世深，奇兵这一世是我们的大师兄，轮回前的恩怨，多世前的因缘，实在不是他能参透的，也实在与他无关，你又何苦非要他的命不可。”

“我生生世世都要你！”
“我也是！”

“就算他转世为狗为虫，我都要将他千刀万剐——”
妖气的剐音未了，妖气连番暴涨，将七位道长团团包围，大有将七位道长吞噬之势。

“冤有头债有主，銮舆，放了我七位帅弟吧！”奇兵在玄空北斗阵的乾卦天门冒了出来，手里拿着一个三合罗盘。

“你终于肯出现了。”銮舆，不，应该说那妖气，霎时间涌向天门，“拿命来！”

“你不就是要一句毁了的誓言吗？”奇兵将罗盘丢向妖气，罗盘依天池乾坤定位后，迅速顺转一盘又逆转一盘，天盘地盘人盘里的申子辰三山射出九道白光，将妖气定在虚

28

空。

虚空后面，北斗七星白光亮丽。

妖气一寸一寸地消损，一寸一寸地萧瑟。

"恭喜大师兄练成三合生气大法。"眼看妖气被镇在七星正气之下，七位道长都松了一口气，"看来銮舆永世不会作怪了。"

"哎……"奇兵叹了一口气，口边的气流有淡淡的妖气。

"我生生世世都要你。"

千年前昆仑山上。

一株一身两头的灵芝，被七位隐士采食。

来路去路

第二回

前面有一些雾。雾？这个国度有雾的吗？理不了这么多，他要上厕所，刚才突然觉得有点内急，问了那位老人家，老人家指了指前面那个方向："在那边。"

顺着那个方向，就觉得有一些雾了。

是一条好窄的小路。

走没多久，他被逼停下来。三只毛虫挡在前面。不在路上，在路中。意思是，在路的空中。小路旁有一棵大树，枝丫伸到小路上空，有一根丝状物从伸到小路上空的枝丫上垂了下来，丝状物上有三只毛虫，上中下一直线排列，挡在路中。

他想起他的一个女人见到毛虫会兴奋。他觉得更急了。

怎么办？毛虫不很大，路却很窄。如果不理会毛虫，直走过去，一定招惹毛虫，虽说他见了毛虫不会兴奋，却也不想惹虫上身；如果理会毛虫，左闪右避，一定掉入路旁草丛里。

上完厕所，他发现梳子不见了。

掉在路上了吧！

不行，头发不梳好，上厕所有什么意义？

一路低头往来路走，拉链也没拉好。他真急了，急得搞不清楚路上是否有雾。

哎呀！毛虫！

这回，不是三只，是一只。还是小路旁那一棵大树，枝丫伸到小路上空，有一根丝状物从伸到小路上空的枝丫上垂了下来。丝状物上有一只毛虫，挡在路中，挡在路的空中。

他想起他的一个女人见到毛虫会兴奋。他真急了。

怎么办？毛虫不很大，路却很窄。如果不理会毛虫，直走过去，一定招惹毛虫，虽说他见了毛虫不会兴奋，却也不想惹虫上身；如果理会毛虫，左闪右避，一定掉入路旁草丛里。

他远远就看到老人家。

老人家手拿梳子在梳一头的秃。

第一回

“等一下进去了，记得要上香，还要吃斋。”秃头的爸爸对他说。

“行，我梳好头发就进去。”

桌上一碗鸡汤。热腾腾的。烟雾缭绕。

没有厕纸

千山鸟飞绝

二十二世纪著名肛肠科权威死了。

死因是肛门爆裂，失血过多。

万径人踪灭

你已经好几天没有大便了。

我知道但是我找不到厕纸。

没有厕纸？厕所里不是有吗？

我知道但是厕纸上写满了字。

那是现在的热潮，中文字是目前最流行的设计潮流。在纸上写字好像上个月才开始出现，专家研究发现，纸和字是离不开的……可是，它还是厕纸呀！

孤舟蓑笠翁

黄昏的土油灯在明明灭灭地说着只有灯芯听得懂的话。

婆婆也在说，像在和土油灯说。其实她是说给穿开裆裤的我听。

"写了字的纸不能当草纸来抹屁股，要不然屁眼会塞住。文昌神、孔子都在里边，知道吗？"

独钓寒江雪

二十二世纪是个无纸时代，除了面纸厕纸。现在上面都被文字设计霸占了，还有文字广告，都是中文的。

整整一个月了，找遍全国也找不到一张厕纸。妻子好不容易在一间古董店里找到一堆纸，兴奋地将他推进厕所，顺手塞给他那堆纸。

他兴奋地脱下裤子，正要蹲下，偶然用感激的眼角瞄了那堆纸，呵！他认得，是十九世纪的中文稿纸。纸边都印了"标准稿纸"四个中文字。

啊！

裂了。

血流了。

雪下了。

丢叶扫叶

在充满冷气的玻璃内，我一边操控驾驶盘，一边望着玻璃外的景色。突然有一种玻璃外很诱人的感觉，好久没有这种感觉了。将窗按下，关掉冷气，外面的热风卷了进来。突然感觉自己很环保。

一片落叶随着我的环保意识卷进车里，落在我腿上。我不假思索地捡起，不假思索地往窗外丢去。

结果

一张白色罚单幸灾乐祸地塞进我车里。

抗辩

我在开罚单给我的警员的上司桌前大声说，叶子本来就是要掉在地上的，我只不过顺手完成了这事，怎么可以说我乱丢垃圾？

　　警员的上司带着四方眼镜，脸很四方，说话的嘴形很四方，他说，你从车里将东西丢到路上，就是乱丢垃圾。

判刑

我被罚在众人眼里扫垃圾，扫由树上飘下来的叶子。

难得的蓝色眼泪

我们爱，他不爱，所以他离开。

万光年前。在新加坡银河系里的东海岸太阳系中的樟宜星上，有一棵和樟宜星同步生长、与天同高的樟宜树，被一个无知的少年当柴般砍下烧掉。这样的一棵巨柴，烧红了天，烧热了地，烧怒了人心。

少年被判永远驱逐在新加坡银河外。

植物学家与基因学家，几番煎熬，终于在未灰飞烟灭的蛛丝马迹中，将不可能的樟宜，奇迹地复制成另一种传承风貌。全球处处可见樟宜树。

全球因此欢歌了三十三年。

我们爱，他不能再爱，所以我们离开。

三千光年前。樟宜星的文明，察觉巨大的黑洞，在樟宜内部惊人地扩大并吞噬一切。

必须另觅一颗适合文明居住的星体。

不行，适合我们生活的岩质星体，日久必然自内衍生黑洞，到时又得……

终于，有人发现，可以将树木作辐射状排列，中心以水构成一个凝聚点，这样建构出来的星体，可保永世不受黑洞的威胁。所用的树木就是高与天齐的樟宜树。

这个星体被送到另一个银河系里的太阳系中，在金星与火星之间，绕太阳公转并自转。人们称它地球。地字拆开来是土与也，暗示人们的祖先，原是从土上成长起来的；同时告诉人们，树木构成的星体，也是土的延续。

樟宜星的文明完美地延续在樟宜树构成的地表上。

全球没有欢呼，因为要哀伤被黑洞吞噬的樟宜。

我们不爱，他爱，所以爱离开。

公元 3000 年。地球人多数已经移民到气体星木星上。原因是地球人发现，樟宜树经过了那么久远的岁月，不止根部会烂，树干也会腐朽，这些烂与腐朽的部位，会制造一种气体，这种气体会妨碍将金星与火星发展成度假星的长远计划。而且只要地球存在一天，太阳系里其他八大行星的运行轨迹，就无法作新的调整，严重影响木星作为各银河系枢纽的地位。

五四三二一，发射。

蓝光迅速爆裂又迅速消亡。

一团樟宜树变成一滴蓝色眼泪寂灭在太阳的热浆里。

木星上的人，全球的人，因此欢呼起来。大概要欢呼上三万光年，因为很难得。

疑惑鱼尾狮

　　我搬家了，搬到三叉水口的岸边。据说是向东，可是白天来了一班学生，学风水的，在我左边在我右边在我后边当然没办法在我前边量和度的，怎么也找不出一个方向。一时游向卯方，一时游向寅方，一时卦运九不宜有水，一时卦运四不宜见山，气得其中一人将罗盘摔在地上，吓得围观的国内外游人跳了起来。这里钢骨水泥的气太重，狮下又有开动着的电机，磁场混乱，影响罗盘操作，说向东又有点向东北，很难向正东。有专家这么说。可是现在凌晨三时，那摔在地上的罗盘，不正乖乖地指向东吗？唉，是人太多，不是钢骨水泥多。

　　只有我心里明白，每天太阳升腾，我的鼻子就热烘烘的，连河水也在隔夜的冰凉中热情。这种震木的清晰感，是站在我身后的小狮无法了解的。和我背道的他，每天都在夕照里想着数码相机的编辑功能。

应该以这狮的方向作准，还是那只？白天那班学生的问题，令做师父的也陷入罗盘的"乾兑离震巽坎艮坤"里。只有我很清楚，我的左眼左脸左肩左腰，被对岸的艺术榴莲紧紧地刺着，小狮的右眼右脸右肩右腰，却被对岸的艺术榴莲紧紧地刺着。唉，那艺术，半圆壳的表演着，没有确实的方向，却在我的青龙边捶打在小狮的白虎边逼压。

　　在这水口，应该以狮为本，还是以榴莲为本。这是白天的另一个问题。师父回答了，我因为风声而没听仔细。

　　喂，免费的午餐艺术表演就要开始，快去排队。

　　人一下子走光。

　　留下外国游客在问什么表演。

　　我在没人的时候，悄悄瞄了那摔在地上的罗盘，也想知道是什么表演。

　　你看，狮眼会动。

　　我是不能动的吗？

光与光的距离

在这座稍微望得到顶峰的山前，突然之间，我察觉自己有飞的可能，于是震动双翅（我的手呢？），一次离不了地，二次离不了地，三次，行了。

上升徐徐，后面却很快聚集了许多人，还有摄影队。哪家传媒？我没空回头寻找答案，因为升速越来越顺利。

奇怪的是，后面的人群包括摄影队也随我上升。

到了顶峰，风光无限。我满意眼前的景色，不，应该说我并不追求顶峰，日前的绝色是偶然，是偶然尝试的偶然，并非必然。也许是某种气流的帮忙（提携乎？）。那么，必然属于气流的吧！

媒体发言：大师（讲我吗？），接下来怎么样？

媒体发言：什么怎么样，再上嘛！

媒体发言：再没有更高的了。

媒体发言：大师可以再造一个嘛！

我想下去。

我说完这话，我的手正常了，一顶峰的传媒像关了灯似的全不见了。

乌节路没有脸

乌节路。走着。我一无所有，没有剩余，无法借贷。一种空前空后绝后绝前的羞涩在空荡荡的人群车龙里吞吐我，但不咽下我。

我宁愿在丹戎巴葛路上。想深一层，又不。因为丹戎巴葛已经被保留，只是没有保留我的老家，也没有保留我。

因此我需要钱，整条乌节路需要钱。如何才会有钱？天空忽然闪过一条蛇，不，是一条龙。我见过龙吗？没有，只见过蛇。人到了一无所有的地步，都会有这种龙蛇混杂的疑惑？乌节路也会有吗？

不知道，只知道我摸到贴着屁股的裤袋里的一张提款卡。

提款卡有了，提款机呢？乌节路很多地方有，不，乌节路就是。插卡，密码，要一万，你的户头无法让你提取你所要的款项，卡退出。天呵！我一无所有，没有剩余，无法借贷，在乌节路。

取卡，准备离开，提款机在可怜我一叠钞票接一叠钞票接一叠钞票地吐了出来。我也不知道接了多少叠，身上所有的袋子都塞满了，它才停止吐。转身，后面竟然站了一名警察，完了，这回肯定吃官司。警察摸了摸佩枪，摸了摸手铐，摸了摸帽沿，没有表情地挥手让我离开。

我当然离开啦！一路走一路想警察应该是在可怜我，他知道什么叫一无所有，所以放我一马。可是他这样算不算不尽职，我明明拿了不该拿的钱。一路走一路想，已经走到维多利亚剧院。剧院在演《商鞅》。耳朵里响起国会里总理部长议员反对党议员纷纷说的文艺复兴。

不行，这些钱不能要。跑回乌节路，警察还在，身边多了一个旅行袋。提款机吐钱，旅行袋吞钱。可以环球好多遍，我站在他身边说他。他吃惊地转过脸，不，他没有脸，整个乌节路没有脸，我也没有，吃惊。

我隐藏地心想，被保留的丹戎巴葛老排屋应该没有提款机。

天书

他确确实实地吃了一大惊。

怎么也没想到师父还有这么一个徒弟，还是女的，舞蹈家。更让他吃惊的是，她说师父告诉她天书在舞蹈之中。

这已经是第五个徒弟，第五个寻找天书的方法。

春天，他遇到一位植物学家。植物学家说，师父告诉他天书在树林里。

夏天，他遇到一位烹饪家，烹饪家说，师父告诉他天书在炉火里。

秋天，他遇到一位裁缝师，裁缝师说，师父告诉他天书在针眼里。

冬天，他遇到一位航海家，航海家说，师父告诉他天书在江河里。

对了，舞蹈家是在网上认识的。

为了他们都是师父的徒弟，为了大家都还在寻找天书，他召集了这次聚会，在网上。

见面时，大家没有花太多时间去解析师父收了六位徒弟的心，大家都集中精力破解到底谁得到了师父的真言。

在大家据理力争，又没有办法得出结论的时候，一位网上不速之客传了一句问号过来：天书是什么？

他们顿时像中了病毒，一切都刹住了。

六人十二只眼呆在网上。

他们确确实实地吃了一大惊。

师父没有告诉任何人天书是什么。

他们也没问天书是什么。

因为他们都以为天书是……

对了，师父告诉他天书在文字里，他是作家。

他们的师父是世界著名的堪舆学家。

谁懂心

地球保安局收到一封光邮。

世界各地的房地产发展商收到一封光邮。

各国的房地产代理公司收到一封光邮。

光邮的内容是：

地球出售，请尽快找到买主，

价格可商，稍后再联系。

人启

　　地球起了前所未有的骚动。地球竟然另有主人？会不会是一个恶作剧？各个机构尤其是地球保安局，动用了最先进的仪器，追查这封光邮的来处。很快的，各个机构皆否定这封光邮是发自地球，同时带出一个潜伏在人心已久的危机。原来早在十九世纪，已有学者认为地球并不属于人类，人类不过是地球的租户，地球的主人总有一天会要回地球，那时候人类要不就无家可归，成了宇宙浪人，要不就面临灭绝。现在这封无法从地球查到来源的光邮，很可能是发自宇宙的某一个角落，那不就是说地球真有可能另有主人。各机构就为了这微弱的可能，启动了探测外太空的光谱生命仪，希望找到这封光邮的来源。

　　追查期间，各地传媒收集了不同的反应：

　　甲：部分房地产代理认为，这么大的买卖，佣金可观哪！

乙：大部分人类呼吁地球保安局，务必将这个所谓的地球主人消灭，地球本来就是人类的。

丙：小部分人发出一个疑问——能和新主人续约吗？

光谱生命仪经过一段不短的时间，还是无法在辽阔的空间找到落脚处。也许这能证明那封光邮不是来自宇宙某个角落，至少人类无法找到这个角落。

全球的人在骚动之余，更添加几许不安与失落。

在地球某一个比较不那么先进的角落，有人在进行考古挖掘的时候，发现一台流行于二十世纪的电脑。电脑不但完好，而且正处于操作状态。经过电子考古学家的验证，证实这架二十世纪的电脑里面，有一个流行于二十世纪的电邮户头，户头近期只发过一封电邮，接收处是地球保安局、世界各地的房地产发展商、各国的房地产代理公司。专家进一步考证，电脑底部的一些物质，只可能出现在地心范围。这可令专家费解，近期没有地壳移动的记录，这架照理属于地心的东西，怎么会跑到近地表的地方？再说地心也不可能出现这样的一架电脑，不熔掉才怪。

然而分解电邮户头的结果，专家在电脑内的档案库里，找到户头的注册用户证明，证明电邮户头注册者是：地心——地球主人。

这样的发现让人类的骚动完全消失，升温的是百分之百的失落。可是仅仅过了短短的一天，人类一致否定这种发现，并下足心力往外太空寻找可能存在的生命，人类认为一定是外太空生命在开地球的玩笑。因此，外太空探索出现了前所未有的蓬勃情景，人类再也不理地球不理地心，连考古也不理了。

　　反正电邮时代已成过去，现在是靠光（光明的光）直接传送信息（不需要电话线不需要卫星）的二十一世纪光邮时代。

无意夜泳的蛤蟆

　　窗外没有任何讯息，可我知道街灯已经严重失眠。看起来我还是比较清醒，所以决定离家。可是家是一整个地球，或者家是一整个宇宙，你又能用什么形式出离？于是我决定找一柱街灯，细细地和他讨论一次。

　　那一柱聪明的街灯，竟然不理会我的思辨方式，独自站在冰冷的水泥地上，似笑非笑似愁非愁地，又似黄非黄地亮着失眠的苦恼。

　　在他的苦恼之下，我也苦恼了。原来我选了一面清澈见底却又是人工雕琢出来的池塘作为论辩的角落。

　　如此一个夜夜都见得着的夜，原该是死寂而黯然的，当你睡去的时候。此刻却灯火通明得让人……让人不知所措，连在旁围观的组屋也都哑口无言。

　　一只蛤蟆在此刻有意见。

　　他的意见是，他不愿意在这个时候游泳。对了，既然不愿意，为什么他又会在清澈见底的水里呢？我想问他，他只知道死命地蹬水蹬水，诡异得让水呢喃着不愿意不愿意不愿意不愿意。不愿意回应我，如街灯不愿意理会我，如我不愿意清醒，如……我搞不清楚是哪一个不愿意，只看到他沿四方池塘的其中一边不断蹬水不断来回蹬水。哦，原来世界不是圆的，这样也好，至少终点不会起点不会终点不会起点不会。

可他好费劲哦！他不断蹬水是渴望（身在水中还能渴吗？）那一壁能助他一臂，让他跳离困水，别让他继续抽腿蹬水水更流。

我会意了，在严重失眠的夜色撩弄下，我切切地会意他可能已经很冷很冷，可能下一秒就会肚翻蛙仰地浮在水面成了鱼儿嘲笑的对象。

该救他，天不救他我救他。

捡起一根枯在草地已不知有多久的枝丫，一头将它栽进水里。他起初并不怎么会意，以为老天落井下石降下怪物整他。后来似乎在整个世界的冷漠之中瞄到我的一丝暖意，他才体会到宇宙的一丁点希望，先是慢慢地循一丝光芒晃晃缓缓上升，接着是急躁地抓一条生路匆匆逃生。

最终，他出离了。

他没谢我，我想让他谢谢原先是枯在草地的那根枝丫，可我连他的影子也留不住。同时我也想一蛙得道鸡犬升天，可我连他的影子也抓不住，所以我无法出离，街灯无法出离。

　　糟糕的是，夜越来越凉，风越吹越冷，街灯越站越冰，隐藏在生命某个晦涩角落的月色越藏越像冰窖的水，决堤。

　　谁能帮我捡一根枯枝？

谁为猫狂

我

玉帝被人打了！玉帝被人打了！

为

这位先生，请你不要插队，请排到后面去。

你是谁呀？管得着我吗，你？

我是……哦，不管我是谁，总之你不能插队。

我插什么队呵，前面这位是我老爸，他一直都在替我排着队，我哪有插队？

这不行，这还是插队，如果人人都替其他的人霸着位，那我们何必起早摸黑地排队，不公平。

你以为你是谁呵！我已经在这里了，你又能怎么样？

我，我是玉皇大帝。

玉皇大帝？哈哈！我还是天皇老子呢！

你太无礼了，我得好好地惩罚惩罚你。

你还惩罚我，你再多管闲事看我不打你……

你敢？

那人的拳头已经如雨点般落在玉帝的脸上。

乌节路的那家麦阿劳外来了好多警察，可是和排到两千米外等着买吉蒂猫的人龙相比，那就……

猫

祝香袅袅。

玉帝收到麦阿劳叔叔的祈愿书。麦阿劳叔叔希望玉帝帮帮忙，让他在二○○○年一月份推出吉蒂猫的时候，能引起轰动，好让他发个大财迎接即将到来的庚辰龙年。祈愿书还附上六款十二只的吉蒂猫图样。

这猫好漂亮。玉帝心里想。

狂

人间太不自爱太不自律了，怎么可以为了一只微不足道的猫，而弄到如此疯狂？真是，真是太怕输了，不就一只猫嘛！需要漏夜排队吗？

来人呵！

传旨给人间的麦阿劳，不许他再卖猫，除非他能够解决因排队而引起的野蛮行为……还有，惩罚那……

公元二〇〇〇年二月一日，麦阿劳在推出最后一对吉蒂猫之前，宣布停止排队售猫的方式，改而采用"拥猫证"……

永远都在伞内

我那把雨伞呢？不行，这伞是阿立昨天才送给我的，一天不到就弄丢了，不行。向守在出入口的管理员问了一问，他说不到一分钟前有人拿走了。我那伞很特别的，一说就知道。

我马上冲出去，冲向车站。有毛毛雨，幸好是毛毛雨，才看得清楚那伞，还有伞里的两个人。

"喂，喂，"我不知道这两个人是谁，只能以喂相称，"这伞是……"

伞内那个女的先回过头。空中实实在在地响了一声雷。我的心虚虚浮浮地恍了一下。

伞内那女的竟然和我是一个模样的。我的心还没有完全泊下来之前，伞内那男的也回过头，竟然，竟然是，是，是阿立。

空中实实在在地响了一声雷。

"阿立，你，是你，你怎么会，跟她……"我原来想说你怎么会跟别的女人在一起，可是那个别的女人是和我长得一模一样的，这样的说法就变得和我的心一样虚虚浮浮恍在喉间。

一道闪电像蛇妖咬破已经暗了下来的时间。

"这伞送你，希望我们永远都在伞内。"阿立昨天送我伞时是这样说的。

可是此刻我却在伞外看着不该的伞内。

我的手提电话在毛毛雨中响了。

"喂……""阿零呵，你还在逛街呵，你知道发生大事情了吗？你的阿立，被他老婆杀死了，那女人也自杀了……"

我的手提电话早已震落属于毛毛雨的大地。

"你怎么啦！雨在下着呢！别淋坏身子。"阿立一个人撑着伞，呵护地靠向我，慢慢将我收入伞内。这伞原就只有我们两个，哪来一个和我长得一个模样的别的女人？

希望我们永远都在伞内。我拢向他的身体。

外面有雨，毛毛雨。

一道闪电像蛇妖咬破所有已经破了的。

我们的背后，地上，有血。

流失的劫

戊寅年九月某夜的前三天

这是三十年难得一见的流星群，我们一定要找一个最好
的观察站，让大家一起来赞叹本世纪最后一场最灿烂的流星
雨。

我一定要在那个时候许愿。一颗流星一个愿，千百颗流
星，可以许千百个愿。

戊寅年九月某夜

已经过了流星雨该划过的时间，有人一颗也没看到，有
人看到两颗，有人看到七颗。

过了预定时间的第二个小时。有人摔掉手中的望远镜，
有人甩掉好几小时前准备好的食物。

过了预定时间的第三个小时。人群慢慢地散了：

"这是什么流星雨？小猫两三只。"

"这回连最后的希望也没有了。"

"原以为可以向流星雨祈求治好我的癌症，可是我连一颗也没看到。"

"我看到一颗，可是哪里够，我要一千万美金才能解决问题呵。"

"我什么也不要，我只要我的男朋友，流星雨，为什么你不出来？"

人群散了，如流星。

戊寅年九月某夜的前两天

如果让这一群流星妖成功划过人间，人间又是一场浩劫呵！

我们尽全力灭妖吧！

这样不太好吧！人间在期待。

期待浩劫。

……

吃下午茶遇到苍蝇

下午茶。

一只苍蝇努力地往没有洞的窗外钻，要证明玻璃的透明度。

这是一只无头苍蝇吧！

是吧！

这样好累的。

玻璃也一样累。

我们似乎更累。

……

可以帮它一点什么吗？

如果能够把窗打开，问题就解决了。

可是这实际上是一大片玻璃，没有窗。

所以啦！

说着，挥起瘦弱的掌，往没有窗的玻璃上拍去。苍蝇当然是在玻璃与掌之间，扁扁。

这样，能吃吗？

不这样，你能吃吗？

这里的下午茶听说是一流的，人很多，挤满了玻璃窗外的阳光。

右手情

甲：真冷

"我冷。"在初冬的风中，她总喜欢在他耳边轻轻地吐露这句需要。

右手绕过她的腰，正要搭上的时候，迟疑地又绕了回来，他的右手握住了她的左手。真冷。

"你还是没变，最冷的永远是手。"

"你不也一样，最热的永远是手。"

A：男人的右手

"是。这就是他。"一时之间她竟可以将泪水全数吞回冰冷的肚里。

绝对是他。她只要握一握就知道是他了。

航安航空公司 188 班机空难的善后工作人员对她独特的

64

辨别方式，抱着怀疑的态度。其他的遇难者家属，多少得凭遇难者较明显的衣饰或肤体特征，才能确定某人的身份，她却凭一只不跟任何事物有关联的男人的右手。

B：男人右手的妻

"是，应该是他，他手背是有这样的一颗小痣。"男人右手的妻子这样说。

站在男人右手的妻子身后的小女儿，轻轻地哭了起来，嘴里一直叫着："爸爸，回来！爸爸，回来！"

乙：回来

他气愤地将右手掌挥了出去，正要掌上她的左脸颊的时候，迟疑地往桌面拐去。

"叭"的一声，吓坏了躲在桌底下的小女儿。

"我去死好了。"他往门口冲去。

"你舍得死？"她护住左脸颊。

"爸爸回来，爸爸回来。"小女儿哭了起来。

魔山夜浪

前

你的诗完全和你的人不一样。

怎么样才会一样？我很想开口这样问她，但是望着她望向无月的天空的眼光，我觉得还是没有月来得好一点。

我们能不能绕着这山腰走一回。她说这话的时候，还是望向没有月的天空，仿佛有月。在她心里。

我着实吃了一惊。绕着这山腰走一回？我记得在城里有这样的一个传说，有一个痴情的男子，由于心爱的女人坐喷射机到了这座山的另一边，他就绕这山腰唯一的一条小道，走了三天三夜，可是怎么也走不完，好像整座山莫名其妙地长胖了许多，最后他累死了。城里人说这山腰半天就绕完，只有痴了狂了的人，才会越绕越迷，将三魂七魄都绕丢了。

那她问我能不能绕山腰走一回是什么意思？没什么的，

也许她只想和我浪漫一些。

可是现在很晚了。

你不是有一些诗也在很晚的时候写成的吗？

是。是嘛！一阵黑风吹了过来，为什么我会觉得风是黑的呢？不知道，只知道风将我原本的话吹回喉间沉入肚里。

果

隔天我醒来，在我醒了又睡睡了又醒了几十年的床上。

有人在我夜夜写诗写到很晚的窗外说话，你听说了吗？我们村里的那座魔山又出事了。又出事啦？是呵，昨天到我铺子里买矿泉水的那位城里来的小姐，天没黑就往山腰那条路走去，一夜了都没见下来。让人去找了没？找了，没找着人，只找到一本叫《夜浪》的册子。

"夜浪"，是我诗集的名字，十八岁那年出的。

因

前天。

她突然出现在我窗前。我中学时代就看你的诗了。我知道她眼里有嫦娥奔去的月亮。我不像玉兔也不像吴刚。后羿大概也在哪一个角落翻查柴米油盐的构造吧！

她在窗前盯着我的桌面。桌上昨夜整理了好几个钟头的账本还没合上世间的索求。

我们都不再是中学生了，对吗？

她就哭了。

后

夜浪在魔山山腰的荒草边，是不是也哭了？算不算浪漫？

梦回

在黄昏昏昏黄黄的时候，我看到这个女人，白白的皮肤，长长的头发，美美的脸庞，好好的身段。我不知道应该称她少女还是少妇，总之她是一朵走在黄昏里的彩霞，在这一个有六条跑道的公园里，她真的是一抹霞色，美美而淡淡的。

她身边，不，应该说她的脚边，她的脚边有一只很漂亮的查理斯王小猎犬，全身毛色棕白相间，好看极了。它的长耳朵轻轻地将黄昏垂下，好像将下沉的彩霞悄悄停滞在其中一条跑道上。可偏偏它的左前脚跛了，黄昏在它身上就颠簸颠簸颠颠簸。

她和它之间完全没有绳索或链子，它却一点也不歪离她所走的那条路，她甚至没有发出任何口号或指令，它就那样一步挨一步的，走。

我本着男性的雄心壮志，冲动地上前泡她：小姐，我想……

　　别想了，除非你愿意像它。她边说边指着小猎犬。况且你已经没有机会了，它已经是我的丈夫。

　　我很讶异，也很不服气。

　　可是远远又近近的夕阳，竟然那么圆的挂在跑道尽头，橙红橙红的闪耀着她的话。

　　我带着我的查理斯王小猎犬，走在其中一条跑道上。查理斯王是我买的，我特意买了这种狗。为什么要有这个特意呢？也许是因为它的脚没有跛，而我的左脚却开始有点跛了。

　　我们一起走着，不，应该说我跟着查理斯王走着。

　　夕阳那么红橙那么圆。

　　一位秀气的长发女孩脸色羞羞但勇气鼓鼓地向我亲近：嗨，我想……

　　别想了，你真看不出我是一个又跛又丑的老……

捅人的电

　　握住她的手，忽然间有如当年握住老师错颁给他属于别人的 A 水准毕业单那样，对着单上顶呱呱的英文成绩高兴得痛哭流泪，然后老师莫名地说那不是他的，然后面对一张真正属于他的忧伤，照样痛哭流泪。这样的手温柔得有太多捅人的电。

　　你怎么啦！

　　没什么，有一点抽筋。

　　我看你还是去看医生。

　　有必要吗？

　　我妈可能觉得你年纪大了，怀疑你还行不行。

　　我行不行你最清楚。

　　可她总要有一个心理保障。

　　那我又有什么保障？

我不是答应永远跟着你吗？

永远跟着我？

在问号之后，他只能将温柔变成风暴而且深入。

桌上的文字传呼急速而短促地黑着：别忘了小丽的生日礼物。

（十岁的礼物好难买。）

你小心一点，我不想再去找何医生。

嗯！（嗯！何医生隔壁的电脑软件专卖店，应该有适合小丽的礼物）

何医生隔壁的古典家私专卖店，有一张很有个性的大床，买下它，布置新房，好吗？

新房？你不是三年后才肯嫁给我？

先布置新房，不行吗？

行。

她总在这个时候将五指尽力地张开，希望在合拢的时候能紧紧掌握住他的手。

而他握住她的手忽然间有如当年握住老师错颁给他属于别人的A水准毕业单那样，对着单上顶呱呱的英文成绩高兴地痛哭流泪，然后老师莫名地说那不是他的，然后面对一张

72

真正属于他的忧伤，照样痛哭流泪。这样的手温柔得有太多捅人的电。

　　天空在闪电。如此热的中午居然也闪电。

街口门口或者心口

师父，我在田里种菜的时候，踩死了一只田鸡，我该怎么办？

看看能不能煮一碗田鸡粥。

田鸡粥？你喝，还是我喝？

摆在街口吧！

师父，师父，我在城里化缘的时候，踩死了一只田鸡，我该怎么办？还煮田鸡粥吗？

买一口上好的棺木。

买棺木？葬田鸡？有必要吗？

摆在门口吧！

师父，师父，师父，我在地铁里看到一只田鸡被碾死了，该怎么办？还买棺木吗？

化缘去吧！

······

记得将钵摆在心口。

说话与算数都淋湿了

甲：一个人说话不算数应该怎么办？

乙：说话与算数是两回事。

甲：两回事？

乙：说话要是与算数凑在一起，可就麻烦了。

甲和乙各抱着大石一端，吃力地往自己这一边拉，流了好多汗。

云越来越沉重越来越黑，就下雨了，甲乙都淋湿了。

树皮如是我闻

甲：我想抄这一部佛经。

乙：抄吧！

甲：抄在什么地方好呢？

乙：日本有一种抄经纸，设计得很精美。

甲：听说台湾有一种抄经的本子，包装得很出色。

尼泊尔的云已经飘到很远的地方。

菩提树下的落叶和剥落的树皮，已经如是我闻了两千多年。

白猫蹲在双黄线上

路是黑暗的，因为天色黑暗。

光明的，是隔了一定距离的路灯，只能勉勉强强地照亮自己，其他的就管不了。

当然有一辆辆轻松的沉重的飞奔而过的车子是光明的，为了照亮前面的路，所以强制性地光明着。

在光明黑暗用某种光怪陆离的方式谈着话的当儿，我在驾驶盘看到一只白色的猫。

它蹲在双黄线上，很危险地蹲在双黄线上，像在守候一只匿藏了好久好久属于黑暗的鼠。视线随着油门的速度越过了猫，心里总觉得白猫很危险，在不远的 U 转处将车 U 转，再 U 转。车蹲在双黄线上，像白猫蹲在双黄线上一样。猫在前边的黑轮子前。

下车，想将白猫抱离双黄线，抱离危险。

白猫不动声色，似乎它的眼前真的有一只属于黑暗的鼠，而它蹲着的那一片土地，染满了血，它的血，红色的，但很暗。

突然它说话，像风一样突然说话：我已经死了。

"为什么这样死？"我用上了不属于我的喉音。

"死还有为什么的吗？死还有这样那样的吗？"

看着车经过灯下，亮了一下。奔出路灯，暗了一下。经过灯下，亮了一下。奔出路灯，暗了一下。我想是车太多了，所以白猫这样地死了，和技术没有关系，和拥车证没有关系。

"和人有关系，"它似乎忘了它已经死了，还在说话。

和人有关系？

就因为它这句死去的话，第二天我经过一个摆在组屋楼下的灵堂时，偷偷溜到躺在经文声中的棺木旁，很迷惑地问：你的死和什么有关？

它不说话，烛光在忽明忽暗地嬉戏着，其实整座灵堂整座组屋都在这样忽明忽暗地嬉戏着……

"和猫有关系。"它突然说话。像风一样说，真是吓死人。

"不会吧！猫死说和人有关，人死说和猫有关。这成了什么世间？"

我不明白，白天我经过那双黄线，地上没有半片白猫的影子，我就更不明白，猫人死之间到底关系何在？

380 的车子内播着许茹云的《如果云知道》。

雨住我和别人和距离

　　提着这个由上海空运过来，材料雕工配件无一不精致的酸枝鸟笼，我心里着实为能够掌握无牵无挂的大自然而欣喜。

　　看那银制的精巧笼钩，在阳光下一晃一闪的，说着大自然如此细腻的语言，配合笼身笼脚细致的山水人物浮雕，加上象牙饰物与配件的洁净无瑕。噢，这大自然，如此美好。

　　微风吹过，我觉得我很喜欢红嘴相思鸟，一如有人喜欢相思，一得空就捎给远方几声思念。

　　微风吹过，我觉得我很喜欢画眉，一如有人喜欢画眉，一得空就镜里镜外都上起妆来。

　　（哗！这只画眉好美呵！路过的人都赞叹了）

　　微风吹过，我觉得我很喜欢大山雀，一如有人喜欢大山，一得空就钻入大山莽莽里。

　　（哗！这只大山雀好美呵！路过的人都赞叹了）

　　微风吹过，我觉得我很喜欢云雀，一如有人喜欢云，一得空就看云或者云游。

（哗！这只云雀好美呵！路过的人都赞叹了）

微风吹过，我觉得我很喜欢白玉鸟，一如有人喜欢白玉，一得空就观赏爱抚并且小心翼翼。

（哗！这只白玉鸟好美呵！路过的人都赞叹了）

微风吹过，我觉得我很喜欢寿带鸟，一如有人喜欢寿带，一得空就翻箱倒箧要了解寿带到底是什么。

（哗！这只寿带鸟好美呵！路过的人都赞叹了）

好大一朵乌云飘飘飘地飘了过来，雨点很细致地掉了下来，我右手举高鸟笼，左手配搭，一把伞深深黑黑的莫名其妙地打开了，挡住了雨。

什么时候有路人？伞外只有雨，雨外也只有雨，没有其他的伞，也根本没有路人，也许因为有这场雨吧！

而我什么时候提着鸟笼？上海空运来的酸枝鸟笼？我手上拿的是一把伞嘛！

大自然有时候是雨，

将你细密细密地雨住，

连伞也雨住，

看不清我，

和别人，

和距离。

劈开观音

对着这尊木雕的观音，德实手中的斧头，竟然愣在空气里，没有了主张。

德实心中想，把观音劈开了又怎么样？我和爱玉分手已经是事实，难道劈开了观音，能改变这个事实？

也许是不甘心吧！但是不甘心又如何？命运还由得你甘心或不甘心吗？

"命运？"德实对眼前这位命相大师抛出了一个大问号，"你是说，我和爱玉的认识是命运的安排？"

"不然你以为？"

"如果我不去追求她，或者我一点也不喜欢她，命运也能使我们走在一起？"

"很多事情是没有如果的，如果有如果，就没有命运了。"

德实的脑海闪了一闪，没有确实的镜像。

"那么命运到底是什么？命运为什么要让我们相识？什么是相爱？"

"因为你是德实，因为她是爱玉嘛！况且这也不是你们这次来的真正目的。"

命相大师的这句话，惊醒了德实掉入迷雾的脑袋。是的，这次来访，是因为老妈要他来合一合他与爱玉的八字。他不是很相信这一套，但是老妈说非合不可，还指定要眼前这位大师，他只好意思意思地来了。

"那你看我们的八字合还是不合？"

大师掐动左手五指，双唇微动，欲说又止。片刻，才说："合，不过最好别急着结婚，谈婚论嫁过两年再说。"

合就合了嘛！干嘛那么多规矩，摆明故弄玄虚。德实心想老妈那边交得了差就行了，眼前这位大师，要卖弄什么，就由他去吧！

德实向爱玉求婚了，爱玉点头。

双方家长决定年底结成亲家。

一个月后，爱玉竟然告诉德实，她要和一位年轻的博士一起移民澳洲，然后就失了踪迹。

一根世上最粗最尖最锐的针，刺穿了德实的心，刺破了德实的梦。

大师的这句话，让德实觉得非常的刺耳："合是命运，离何尝不也是命运？"

"你为什么在这个时候提起分离，难道……"

"很多时候是不需要理睬难道不难道，难道有了难道，事事就能如愿了吗？"

"你到底要告诉我一些什么？"

"把这尊观音带回去，你要真想知道我想告诉你一些什么，用斧头把它劈开，答案在里面。"

消沉了整个月，烟酒了整个月。

德实忽然想起这尊木雕观音，他想知道大师要告诉他的到底是什么。可是事情到了这个地步，大师不就是要告诉他会离吗？不不，不是这么简单，这里头应该有更多的东西，包括我们认识的真正原因，包括我们分离的真正原因，可能，可能，可能还有让我找回爱玉的妙方。

手中斧不再犹豫，快意地向观音劈去。

一斧见效，痛快。

观音裂开两半，是中空的，里面什么也没有，连空气也没有。

快意之后，是震撼山河大地迷惑宇宙玄黄的痛楚。

这回愣着的是眼神，是那句脱口而出撕心裂肺的：

爱玉。

吵

车子倒插入组屋露天停车场的其中一个停车位，熄掉引擎。

"是这里？"

"就你说的大牌，没错。"

"就这样坐在车里等他吗？"

"不然怎样，你又不知道他住几楼。"

"Hom 一下吧！我们可是早到了二十分钟，Hom 一下，也许他会到窗口来看一看。"

"没有用的，你再怎么 Hom 都没有人会睬你的。"

"试试看。"

"好。"

叭——叭叭，叭——叭——被困住的夜空，无动于衷，连星星都不晃一下，暗的窗口坚持地暗，亮的窗口固执地亮。遗失的月也许也听见 Under one Roof 的剧情在各自的口中嬉笑。

"真的没人出来看一看。"

"大家有大家的家，忙得很。"

"再 Hom 看看，我就不信他们不嫌吵。"

"嫌，他们当然嫌吵。"

"嫌吵就应该会探出头来看一看嘛！"

"那我就再 Hom 看看。"

叭——叭——叭——叭——夜空虽黑，却看得出云朵在散步，很慢，讨厌人家惊着吵着的那种慢。这种天，看起来不会下雨，但是会刮风，没有固定风向的那种风。

"还是没人。"

"啊！"

"你怎么啦！"

"这回有人了。"

"哪里？哪里？"

两个警察伴随夜风站在驾驶座的窗口，低着腰友善地问："有人投诉你们吵？"

还是造笼比较简单

你好久没带鸟儿去遛遛了。

我没空呀师父，这半年来我都在学造鸟笼。

鸟笼是笼鸟用的。

好，我这就遛鸟去，到后面的自然保留区。

徒弟提着笼出去的时候，太阳才刚刚笑起。徒弟提着笼回来的时候，太阳还是刚刚笑起。

还是造笼比较简单，师父。

放下笼子，太阳的笑半僵在开着的笼门口，鸟被一片厚厚叶子重重地压住，没有了呼吸。

叶子没有了呼吸，鸟笼没有了呼吸，鸟没有了呼吸，太阳有一半还想笑。

会比较简单吗？

堕落得懂得拜神和养狗

神说：

我们绝对不能再回到那个地方，那个地方是一片堕落，请继续修行。

狗说：

我们绝对不能再回到那个地方，那个地方是一片堕落，务必继续修行。

那个地方住着的，都是人。

那个地方原先是没有神和狗的，但是不知道为什么后来有了。

人也就懂得了修行。

但只是懂。

蚂蚁

一

拿起桌上的冷饮，杯口往嘴边送。

一起聊天的人急急轻呼：有一只小蚂蚁在里面。

咕噜。我说：太迟了，口好渴。

蚂蚁可是有生命的哦！

蚂蚁大餐都有人吃，何必在乎一只小蚂蚁？

二

主席缓缓举起剔透的玻璃杯，大口地喝了大半杯的水。

负责会议记录的我忍不住开口：刚才你杯里有一只小蚂蚁。

喝都喝了，定局已成，何必在乎。

可是小蚂蚁……

蚂蚁大餐都那么吃，来，继续开会。

没有青蛇

癸：她错在伞外

我有错吗——

白素贞幽幽的问号自幽幽的地底透过怨怨的塔底射穿凄凄厉厉的塔顶浮游在愤愤恨恨的云间。

法海的梵唱自命定的寺中回击——这样你也下得了手，这世间有情吗——

有恨哪——

壬：爱情如恐惧的小红花别开

唔，温柔的啜吸，湿热的舔抚，唔，像极那天邂逅的雨，像极那天触电的湖。唔，雨点时徐时急打在裸露的伞上，雷电时蓄时汲触在微旋的湖心。唔，许仙是迷恋我的，他爱我的每一寸。唔，我白素贞选择了人间的爱情，是，是对的，千年，千年的修炼，真没有，白费。

许仙忘情地呼——小青，小青——

湖水翻身而起，雷电变幻声色之中，水灵的白蛇自冰凉与潮湿的愤怒羞辱中，向下卷向跌得四脚朝天惊惶如天的许仙。

你是蛇——精字只能在白素贞腹内开一朵恐惧的小红花，如爱情。

辛：就因为有爱世间呜咽

爱情，我许仙的爱情竟然从那把油纸伞边偷偷地沾满淡绿裙角。她准叫小青，这是前世的名字，她也应该知道我的名字。

她摆动淡绿穿过浪漫向我微笑挪来，唔唔，爱情呵——

公子，我们小姐请教公子名姓，并请公子共伞游湖。

我把她错在伞外。

风一直呜咽，如爱情。

只有鼻子

空气中溢满了浓郁酒香。

甲：嗅到酒味了吗？

乙：没有！

甲：怎么会没有？

乙久久不语。

甲举目四望，不见乙，家中只有一樽欲语还休的酒。

可惜没有耳朵，只有鼻子。

落发为僧

甲：心无挂碍

释迦牟尼佛的施无畏印中有一条伸向很远很远的路。

路上有一个人跪着接受老法师的剃度。

老法师的手微颤。剃刀微颤。头发微颤。头微颤。躲在落发者怀中的新剃刀也微颤。

"师父，可否用我带来的这把新剃刀？"

施无畏印微颤。路不见了。

乙：舍利子是诸法空相

药师佛的三界印中有一面张得很大很大的镜。

镜中有一个人跪着接受老法师的剃度。

老法师的手有微尘。剃刀有微尘。头发有微尘，头有微尘。揣在落发者怀中的新肥皂也有微尘。

"师父，等一下可否用我带来的这块肥皂洗头？"

三界印有了微尘。镜不见了。

丙：无智亦无得以无所得故

大日如来佛的智拳印中有一片漂向很天边很天边的海。

海里有一个人跪着接受老法师的剃度。

老法师的手微湿。剃刀微湿。头发微湿。头微湿。抱在落发者怀中的新浴巾也微湿。

"师父，可否用我带来的这条新浴巾抹一抹？"

智拳印微湿，海不见了。

丁：行深般若波罗蜜多时

"这样的经文，各位可看得通？"

没有点头。

"那还是做人吧！"

周末城市

那个地方怎么如此怪异？

因为那是一座城市。

有如此怪异的城市？所有的人都往那边挤去了，连小孩猫狗都如此。

因为那是一座人间的城市。

哦！连老太婆都要去挤吗？

因为那是人间城市的周末。

周末就有如此疯狂的挤法吗？好像连婴孩都挤上一份。

因为人间城市的周末有疯狂大减价，有免费赠品拿，有幸运抽奖，奖品是连拥车证在内值九万元的新轿车。

人就是人，难道他们没有想过如此挤法，有发生悲剧的可能？

人才知道！

幸好我们只是腾云驾雾。

有一朵祥云，徐徐飘来，云上有一道天界通告，写着：

　　天上的主宰者，因修成亿年功德，欲与众仙诸神同庆，特于天之滇池恩赐诸宝，来者有份，但是先到先得。

　　一时之间，众云速速启程。

　　众神诸仙出现在周末的那座城市。

灭亡的原因

我们是最庞大的。

我想我们都知道我们是最庞大的。你看长在海岸线上最高大的树，我们的长颈同胞要比它高大好几倍呢！你看长在山脚下最粗最壮的树，我们的胖胖同胞的前肢就比它粗上好几倍。所以我们的食量也是庞大的。我们一餐可以吃掉几棵大树，而我们一天是吃好几餐的，而我们的数目是数也数不清的。

我们之中最有头脑的同胞，开始为这食量与食粮问题作了深入研究。结果发现，我们的周围，山那边，海那边，似乎到处都是可以让我们吞下肚的树。

我们的食量绝对影响不了我们的食粮，我们的食粮也绝对影响不了我们的食量，永远都这样。

我们发出了最庞大的欢呼。

我们竟然听到比我们更庞大的欢呼：这里是老天赐给我们的乐园！我们看不见发出欢呼的是什么怪物，只是看见几个有点像我们的脚却比山还粗的东西弄倒了山也弄断了树，还说了一句：杂草太多了。这样我们就灭亡了。

要吃一辈子的草

要不要离开瀛洲

我就是瀛洲岛的第十一只牛。我本来应该在岛的某一幅图中,现在我却在中原西边一个超级王国的牧养宫里。这回轮到我迷糊了。

吃一口失去牧童的远景

离开瀛洲,是要去找牧童的。听说他到中原去了。没有牧童的牛,怎能算是一头完整的牛呢?但是那牧童偏要离开,他真是迷糊得很哪!

一辈子带着温顺的问号

他真的很迷糊,也许他是奇怪我为什么不需要哄骗拉扯鞭策骑就很温顺地走到他跟前，说：来吧！牧童，带我去吃草。

他是迷糊兼奇怪，却同时也恍然大悟了起来。他的样子真的像恍然大悟，连东边溪旁的草儿都低头了。他睁大双眼说：我为什么要一辈子带你吃一辈子的草？

辈分将成为下一辈子的醉

我在美丽的夕照里怀念一辈子吃草的问题。牧童也必然这样子思考过。夕照有一点点热，色彩却有很多很多的迷醉。牧童的步伐朝那边迷醉下去。

子子孙孙能否在米饭中醒来

我醒在中原的早晨。

请问哪里有草吃，一辈子的？

到处都有，但是吃一点米饭稀粥会更好！

我只会吃草，牧童呢？听说他到了西边的一个超级国度。

滴滴答答地在暴雨中寻找肉团下的

我终于看到了牧童。

牧童充满笑容的脸在说话，我为什么要一辈子带你吃一辈子的草？

因为我是牛，你是牧童。你要牧养我。

牧养？没错！我正在牧养，我有千千万万的子民要靠我牧养，他们都在我的牧养宫里安居乐业，你想留下，你就留下吧！

我留下来了，留在一座黄金做成的牧养宫里，我没吃到草，这里的人只吃肉，尤其爱吃牛肉。

草根

所以我永远都不在某一幅图中了。

牧童也不能。

到底要去哪里

　　我真的不知道为什么会把车驾来这里，我向来都少来这里的，这里客人少，而且这么晚了。咦，有人，是一个老太婆。这么晚了，她这么老，会去哪里？Auntie，要去哪里？你的对话机开得太大声了。我把对话机声音转小，Auntie，要去哪里？你的冷气太大了，天气都很冷。我把冷气关小，Auntie，要去哪里？你的收音机太吵了。我把声量关小。她坐在后座，好像没打算回答我的问题。Auntie，你要去哪里？你的引擎太吵了。引擎是不能关的。你到底要去哪里？你的车太干净了。这，我突然觉得很不对劲，这也是问题吗？而我为什么要理会这些问题？Auntie，请你告诉我你到底要去哪里？你问得太多了。我有点光火。问搭客去哪里，是一定要的，不然怎么到目的地去。Auntie，请你合作一点，你到底要去哪里？到林厝港尾太短了。路的确是不长的。我还是要回答她的问题，好像有点不能自已。你可是要到林厝港尾。你不觉得路太长了吗？

　　Auntie，你到底要去哪里？我火了。你脾气太坏了。我气极煞车。什么？我脾气坏？那你下车好了，我不做你的生意。何必呢？我这不就到了吗？这是一定要到的。什么？你就是要来这里？是坟场。我不记得 Auntie 是怎么下车的。坟场。我觉得我是问得太多了。坟场。我真的不知道为什么会把车驾来这里。坟场。我的车头灯灭了。坟场。白发在月光下森森地丧着气。我必然要收车，不管客人多还是客人少。

我不介意他们介意

早上搭的士上班。

司机先生说：不介意我抽根烟吧？

嗯，嗯嗯。

车窗被旋下，冷气溢出去，城市喧哗了进来。

嗅着一点焦味。

中午到小贩中心吃午餐。

搭桌的小姐说：不介意我坐这吧？

嗯，嗯嗯。

她吃的是一碗很浓的叻沙，我的米果条香淡了，城市麻

辣了出去。

嗅着一点汗味。

晚上在戏院排队买票。

中年妇人说：不介意帮我买两张吧？

嗯，嗯嗯。

后面的人投来责怪的眼光，热汗一下子冷却，城市嘲笑地装入谁的口袋。

嗅着一点僵味。

半夜，我得了咳症。

我对着众多打着鼾的高低组屋说：不介意我再咳一会儿吧？

他们用钢骨水泥了一整天的声音敲打夜空：我们很介意。

地铁分手

我们，分手吧！

一列南线地铁从北边缓缓把分吞到远远的。

一列北线地铁从南边快快将手吐到尽尽的。

……

几点了，我们才要分手？

我手表坏了，你的呢？

我的早就坏了，只不过是你送到，没丢。

……

几点了，分手吧！

一列北线地铁从南边快快将分吐到尽尽的。

一列南线地铁从北边缓缓把手吞到远远的。

……

我搭北线的，

我搭南线的。

……

几点了，为什么没有地铁来？

是呵！几点了？

我像当初那样，星星也是，远远的路灯也是，人也是。

地铁呢？

穿灰色制服的地铁站人员不知什么时候从什么地方突然出现：二位，已经过了最后一班列车的时间，你们为什么还不离开？

是吗？没班车了？北线南线都没有了吗？

我们是要离开的，只是没有时间。

那现在请你们一起走吧！

一起走？

一起走？

一起走入当初拨不开云雾的月光。

噢，小溪

徒儿，你须要到山中走一趟。

为什么，师父，这儿不已经是山中了吗？

不，山中在山中。

去山中干什么？

去找小溪。

前面不就是一条小溪吗？

那不算。

不算？

是的，前面那条小溪，是我找着的，不属于你的，你要去找一条属于你的小溪。

这小溪还分你的我的？

去吧！

徒儿和月亮一起寻找小溪。

徒儿和太阳一起寻找小溪。

徒儿和樵夫一起寻找小溪。

徒儿和游客一起寻找小溪。

徒儿和老虎一起寻找小溪。

徒儿和八哥一起寻找小溪。

他终于找着了一条小溪。

一条好清澈的小溪。

师父师父，我找到了，我找到了。

他兴奋地奔向师父身边，要用最伟大的声调告诉师父他是如何找到小溪的。可他看到师父前面那条小溪时，他若有所失地泄了气。

怎么啦？你不是已经找着了吗？

可是，我，我发现找着的就是前面的这一条小溪。那，那是师父你的。

哈，哈，这小溪还分你的我的？

噢，是这样啊！

他用最伟大的声调吐出这一句话。

赚

　　哎哟——什么事？发生了什么事？没什么，只不过，我又赚了一笔。这话怎么说？喏，你们看，报上说，我现在住的公寓，可以卖到三十二万，你们知道吗？我买的时候，才二十二万，我赚了十万呢！那你准备卖掉那间公寓？没有，卖了我住哪里？哎哟，我也赚了一些。哦！我家的厕纸买的时候一卷四角，现在要卖四角半，我赚了五分。那你准备出让你的厕纸。不行，我已经用了。

败

草绿

这是我第二次见拳王易琴。

我是来向他挑战的，第二次向他挑战。

"你出招吧！"穿着草绿衣裤的易琴口吐清风地说。

"易琴，我是……"

"不必了，任何名字，对我来说都只是一个代号——挑战者。将我打败，是所有挑战者的希望，请出招吧！"易琴轻轻地站在草地上，好像是草地的附属品。

"好！"对于一代拳王，我似乎只能叫一声好，"看招了！"

我将五年来日日苦学夜夜苦练的各门各派招式，一一用十二成功力十二成精神，向易琴展开攻势。

可易琴由始至终，只用了一招。他在重复使用同样的一招。这一招一舒展，所有的草地都成了他的守势，这一招一蔓延，所有的草地都成了他的攻势。而我无法攻入，更无力招架，只好败下来。

"我又败在你手上。"

"你败给草，不是我。"易琴的衣裤上不沾半根草，但是有草香。

你败给草。我苦苦思索易琴的这句话，和五年前败落的时候一样。

黄土

那是我第一次向易琴挑战。

也是在这个地方，但那时候没有草，只是一片黄褐色的土地。

易琴身穿黄褐色衣裤，五只皮肤松散的黄褐色拳师狗，圆周似的围在他身边。

"易琴先生，我是……"

"你是要打败我的人，出招吧！"

我出招了，很用心地出招了。

易琴当然也出招了。但他的招式很怪，只听他一声怪啸，竟和五只拳师狗舞成一片。顿时，我要进攻的，竟成了一片黄土。我的招式是攻在深厚的黄土上，我的内劲是陷入摧毁不得的黄土里。

最糟的是，我无法招架黄色的招式。

我败跌在土地上。

"我败了，易琴先生。"

"你败给狗，不是我。"

淡蓝的天

我始终不明白，一次败给狗，一次败给草，个中道理何在？

而这次是我第三次挑战易琴，无论如何都不能败，不管是败给狗或草或是其他任何东西。

十年的时间，这里已经站满了许多树，草也高了。

易琴呢？

"易琴，你在哪里，我是……"

"不必了，你不就是挑战者吗？"是易琴的声音，好像从树梢传来的，又好像从草丛传来的，更有点像从天空某处传来的。"挑战者的目的就是败，不论是自败还是他败，不论是人败还是我败。招式是败，荣辱是败，天地何尝不是败呢！"

败声未竭，有一物败的一声，击中我肩膀，掉落地。

是一本败坏的武功秘籍，封面写着"无式绝招"。

我翻开内里，一个字也没有，只有一片淡蓝的天。

我给弄得一塌糊涂。

一只秃鹰糊里糊涂地振翅而去。

死的心语

●吴寄先生，请问你怕不怕死？

吴寄：不怕。

●三个月前问你同一个问题，为何你说怕？

吴寄：那是三个月前。

●有何不同？

吴寄：那时我不知死，现在我知死。

●死是什么？

吴寄：大地。

●吴寄先生，请问你怕不怕死？

吴寄：不怕。

●三个月前问你同一个问题，为何你说怕？

吴寄：那是三个月前。

●有何不同？

吴寄：那时我不知死在哪儿？现在我知。

●死在哪儿？

吴寄：大地。

●吴寄先生，为何你的转变总在三个月后？

吴寄：因为三。

●三是什么？

吴寄：长生、帝旺、墓库。

●不懂。

吴寄：因为你是人，不是三。

救人

　　你为我的孩子解困，我很感激你，所以这顿饭我请。何必破费呢！应该的，但是你敲破了我的车窗，你得赔我两百五的修理费。

　　快来看呵，这孩子被困在车内，哭得好惨哪！怎么会这样？都怪那位粗心爸爸，以为下车办点事只需一下子，连车钥匙也不拔出来，结果孩子因为好玩，将自己反锁在车内，心慌之下，哭得正凄凉呢！那位爸爸呢？刚才试了好几种方法，都打不开车门，已经坐的士赶回家去拿后备车钥匙。但是孩子在车内哭到这个样子，总该想想办法吧！他拾起一颗大石，敲破三角车窗。

　　两百五，拿去吧！谢谢，还没请问贵姓？我姓司马。

八哥心伤

　　我真是好生后悔。我为什么要选这个地方筑巢呢？唉，还不是看中它高高在上，离开人群够远的了，真是比那组屋旁的树上筑巢来得好。谁会想到，我那两个还未孵出来的小蛋蛋，竟然被那家伙压得粉碎。我好后悔好后悔呵。如果那些组屋旁的树能长高一点，或者那些小孩不用竹竿捣我们的窝，或者不要有那么多组屋，或者不要有那么多人，也许我就不会看中这鬼地方。哎哟，我的小蛋蛋呵，妈妈害了你呵，前天我刚选中这里，刚筑好了巢，昨天刚下的蛋，今早出去吃了餐饱，还想回来用更多的热来孵化两个小蛋蛋，让他们早点见见这片天空。谁知那家伙不知从哪里轰轰轰地窜了出来，速度比我快多了，我还没来得及飞近巢边，那家伙已从巢上压了过去。然后，然后，我好后悔呵，小蛋蛋，是妈害了你们。

　　"这只八哥的叫声可真让人讨厌。"

"是呵，吵死人。"

"别说这些，地铁已经在早上八点的时候通车了，我们也去试试，凑凑热闹。"

……

人群拥向刚开放的地铁站。

小蛋蛋粉粉碎碎地散在高空地铁轨道上。八哥在铁轨上空盘旋悲鸣。

这命如何算

丁亥年五月。

天热得要命。

一阵凉风溜进李居士的命相馆。

"你是李居士？"一个面白如雪的瘦弱青年随风而入。

"正是。"

"你算命奇准？"

"十成说不上，九成一定有。"

"那好，你帮我算一算。"

"请问生辰八字。"

青年稍作犹豫："己巳年己巳月己巳日己巳时。"

居士一听，立即刻意打量青年，希望从面相窥探来人的真正身份。这青年相貌平平，中等相格，怎会是己巳年己巳月己巳日己巳时这等天元一气上上贵格的拥有人。

"请问先生何处出世？"

"我在三巴旺老家出世。"

"呵，三巴旺居北，属水，又得新柔海峡之水滋润，先生就算目前不富不贵，将来亦非富即贵。"

"我现在居无定所，漂泊四方呢！"

"不可能，以命论命，先生不致如此。"

"唉……"青年似有难言之隐。

"可是时辰有误？"

"时间无误，空间有失呵，造物者更犯大错误。该往何处？该往何处呵？"

说完，转身正欲离去。

外头扑来一股炽热之风，往青年身上掩去，霎时青年不知怎的，像被人泼了火水点了火似的烧了起来。

居士在惊讶中，看清青年竟由人幻化成一具手扎的纸人——金童。

火势由弱而强而弱，烧掉金童的纸衣，烧掉金童的白面，烧掉天元一气，烧掉己巳年己巳月己巳日己巳时。

灰飞烟不灭。

无的心语

一

●吴寄先生，我要学佛。

吴寄：去读心经。

●已经读过了，读不懂。

吴寄：去读心经。

●读不懂呀！

吴寄：找一片泥土埋了吧！

二

●我要学写诗，吴寄先生。

吴寄：写吧！

●不知如何下手。

吴寄：写吧！

●但是总该有些什么窍门吧！

吴寄：翅膀从不惧怕飞行。

三

●吴寄先生，我已爱上雨小姐，但不知她爱不爱我。

吴寄：送她一篮子烂梨。

●那岂不是被她看扁了。

吴寄：烂梨是绝对熟的。

四

●这里好暗，开灯吧！

吴寄：点一根蜡烛算了。

●这是什么时代了，还用蜡烛？

吴寄：那算了。

●可是暗呀！

吴寄：别把眼睛闭上。

笑话

　　我有一个孩子，是个女的，隔壁的阿旺嫂有两个，一男一女。我们见面总聊孩子的事，阿旺嫂总说我为什么只生一个，像她该多好，一男一女，配成双，孩子又有伴。慢慢的，我发觉阿旺嫂嘲笑的成分比炫耀的成分高，这女人原来在嘲笑我只有一个孩子。有一天，我发现常嘲笑我的阿旺嫂也成了别人嘲笑的对象。喏，那个阿才嫂，隔壁座的阿才嫂啦，她有三个孩子，两男一女。她常在干巴刹那边说阿旺嫂为什么只生两个，该像她，生三个，孩子要是跟别人打架，阵容也比别人强，况且三个嘛，总有一个做律师或者医生的，不愁啦，将来。又有一天，我发现阿才嫂也成了别人嘲笑的对象。原来我们这一区，出了一个很会生的，她就是大妹，生了五个，都是男的，还要再生。她听到阿才嫂在笑阿旺嫂，她就插嘴，说阿才嫂只有两个是男的，她五个全是男的，阵容更大喽，而且准有一个是部长，是总理都很有可能。从此，我看到阿旺嫂就避开，阿旺嫂看到阿才嫂就避开，阿才嫂看到大妹就避开。后来，有一个人看我也避开，她就是刚搬来不久，隔壁的隔壁，叫美云的。她结婚四年了，还不想要孩子，我见到她总叫她学我，生一个孩子，增添生活乐趣，享受天伦之乐，还可以防老呢！我说完总对她神秘而不可理解地乱笑一通。后来，我发现她常在电话里嘲笑她那个叫玉芬的同学。这是我走过她家时，听到她拿着电话筒的话语：哎哟，你还在挑呵，你有资格挑吗？随便一点嫁人算了。什么？不是你挑人家？你只想过单身生活？你想过没有，老的时候很寂寞的，那时后悔就来不及了。不是老同学说你，当初别那么认真，你早嫁了，现在三十快出头了，谁，唉，不容易呵！我看你还是一个人吃饭、看戏，一个人坐安乐椅吧！后来，美好家庭总署在电视上推出宣传片，让一个老男单身贵族及一个老女单身贵族，坐在安乐椅上，乱七八糟地埋怨当年。

水中痴

在月色的牵引下，他走上那道曾经热吻过的桥。在晦涩的回忆里，惊觉离开他三年的女人，竟然抚着长发坐在月色里。呵，这是多么伤心的呀，所有的痴情一时间哭了出来。

"你为什么会在这里？"

"等你。"

"等我？"

"这不正是你期望的？"

"是……不……"

他看到她长发里的柔情。但是他知道那是月光的情意，不单属于他一人，尤其是明早太阳升起来的时候。

而这是夜晚，是长发向他招手的夜晚。

"为什么都在这个时候出现呢？"

"因为我们有共同的过往。"

"世界不是老去了吗？"

“记忆不会老。”

“但是现实会老。”

“天知道。”

他撩起她柔情的长发，用制止不了的痴袭击她。

这原是两人初恋时躯壳神魄两相醉的一刻，醉在来生的拥抱，醉在前世的拥吻。

“爸……”响自桥这头。

“妈……”响自桥那端。

他霎时抱了个空。她已隐身在桥下华丽大船的窗里，和属于他的女儿及男人一起。

船快速开走。

他傻乎乎地将身躯投入水中，一心要追上她。谁知中年过后的痴肥，竟叫他不由自主地沉入黑黑的水底。

只留下岸边他的儿子及妻子悲伤的呼唤。

乔竹的抽象画

"抽象画之所以成为抽象画，是因为它具备了抽象画的本质。所谓抽象画的本质，即是色的变幻组合，以及能呈现在画上的各种物象的组合与变幻。有了这些本质，抽象画才能表现出具象画所无法表达的世界与层次。"

这衣冠楚楚的中年男人，样子看上去有点老土，说起理论可不含糊，就不知道是哪冒出来的，好像不是本地人。"但是现在很多画家为了标新立异，都在画抽象画，其实那些都是伪抽象画，他们既不懂线条，更不了解色彩。比如最近刚冒出来的乔竹，他也画抽象画，可是那算抽象吗？不是，那是伪抽象，是色料的堆砌，是一堆线条与图案堆砌起来的垃圾。"

这家伙真行，乔竹是最近画坛公认的最有潜质的新秀，他也敢批评，这倒跟我英雄所见略同，乔竹的画，真不是画呵。

虽然我这个国家收藏馆馆长向来都认为乔竹不行，可他是大家公认的新贵，我也不好意思在口头上表示出来，如今这家伙竟然直言批评，真是于我心有戚戚焉。

　　"馆长先生，我知道你不但是个有眼光的收藏家，更是一个有修养的鉴赏家，请你看看我带来的这些画，这些才是国家收藏馆应该并且值得收藏的抽象画。你看这幅，这些线条，就是这样构成才妙，不这样就坏了。还有这一幅，这些颜色如果不如此渲染，韵味就出不来了。这一幅，这一幅最妙，你随便抽掉其中任何一个组合，艺术品马上成了渣。"

　　我把他带来的八幅画全留了下来，并开了一张巨额支票给他。

　　送走了这位多才多艺的乔区先生，心里正想着明天如何向国家收藏委员会里的几个老顽固炫耀今天的收获，忽然从抽屉莫名其妙地射出一道强光。强光过处，一个穿白衣的年轻人凭空出现在我眼前。"馆长先生，看来我来迟了。"他望着那八幅画，"我是二十三世纪的时空旅游保安局局长，我正在追捕时空大盗乔区，他偷了2030年杰出画家乔竹六十五岁时的一批优秀作品，并以高价出售这批画，你是第八个受骗者。"

　　生活在1990年的我，面对二十三世纪的人，虽然有点不可思议与恐惧，却仍辩道："画上不是签了乔区的姓吗？怎可说画是偷的？"

"签的确是乔字，可惜是乔竹的乔，不是乔区的乔。"他说着，下半身开始隐去，"没空与你多说了，这批画是物证，我要带走。"他完全消失了，八幅画也消失了。乔竹的名字刺入我心里。

孟母三迁

　　孟子的妈妈在很年轻的时候，就生下孟子。起初母子相依为命地住在一房式组屋里，日子过得无忧无虑。但是，当孟母看见孟子模仿隔壁老书法家挥笔的德行，孟母就开始忧虑了。孟母忍痛拿出她那死鬼丈夫留下来的钱，买了间四房式组屋，迫不及待地带着孟子搬家了。母子相依为命，日子过得悠闲快活。但是，当孟母知道孟子也学楼下的老校长看线装书，并且常常摇头摆脑，孟母就再也不快活了。终于，她拿出所有的钱，买了间三房式公寓，又搬家去了。这回孟母乐死了，楼上住了个讲纯正美国式英语的电脑专家，孟子一见着他，就缠着不放，并且以他为模仿对象。后来孟子成了一个很有用很有社会地位的人，人们都尊称他为Mr.Mankok（中文译成孟轲）。孟母搬家，也成了有名的典故，孟母更成为后世妇女的典范。关于此事，二十二世纪的三字典有这样的记载：昔孟母有三窟明智处后一窟。

彩虹的脚

"为什么彩虹总是这个样子？"

"彩虹怎么啦？"

"他总是没脚，好像悬在半空。"

"不，他是有脚的，只不过被那些障碍物给阻挡住，看不见了。"

"是吗？那就是说，只要走到这些障碍物的后面，就可以看到彩虹的脚啰！"

"理论上是这样。"

"那还等什么，走吧！"

"走？去哪儿？"

"看彩虹的脚去！"

"慢点慢点，你先告诉我，看到了彩虹的脚又怎么样。"

"你这个人真是的，彩虹没脚，你不觉得怪怪的吗？我就是要看个究竟，我要看完整的彩虹。"

两个黑皮肤的家伙，用了三天三夜的光阴，走过了一个又一个的障碍物，仍然没见着彩虹的脚。

"这是怎么搞的？彩虹的脚呢？"

"前面还有障碍物嘛！"

两个黑皮肤的小家伙，又用了三天三夜的光阴，走过了一个又一个的障碍物，仍然没见着彩虹的脚。

"到底怎么回事，彩虹的脚呢？"

"在前面的障碍物的后面吧！"

再一次的三天三夜，障碍物一个接一个地过去了，彩虹的脚到底在哪？

"你说，彩虹的脚在哪？"

"在障碍物的后面。"

"天呵，这些障碍物怎么这么多！"

"我也不知道。"

"这些障碍物到底是什么名堂？"

"听说是，政府，政府组屋。"

"它们老站在我们的前面，那我们算是什么？"

"我们？我们不就是蚂蚁！"

天机

　　"众卿家，有事快奏，无事退朝。"勾践高高在上，话一说完，就忙着打呵欠。只见范大夫眉头紧皱，站前一步，说："臣有事启奏。""说。""大王在吴国，忍辱偷生了三年，吃尽苦头，终于得到夫差的信任，让大王回来越国，如今，已过了四个月……""范大夫，请你长话短说。""请恕臣直言，大王似乎忘了在吴国的屈辱。""胡说，三年吴国岁月，寡人，怎么也忘不了。""可是，这四个月以来，大王只知道喝酒作乐，疏于朝政，似乎无心于复国大计。""要复国，就不能喝酒作乐吗？那你给说说看，寡人应该怎么办？""依臣愚见，大王应该卧薪尝胆，发奋图强，伺机灭吴。""笑话，寡人吃了三年的苦还不够？还要卧薪尝胆？宫里有的是一流的床，一流的美食，为什么要寡人舍优而取劣呢？""可是历史是这么写的。""亏你说得出这句话，你既明白历史是那么写的，还啰唆些什么？""臣愚昧，不明白大王的意思。""历史已记载，我勾践必灭吴国，连何年何月何时都安排好了，你我又何须紧张呢？还是喝酒盖暖被吧！""可是兴国大计……""就交给你们这班大臣去策划好了，时机成熟时再通知我，呵——退朝，退朝。"

命运甲："你看，都是你，早叫你把天书带好，你偏偏把吴越之争的记载给掉到越国，这回怎么办？"命运乙："没关系啦，中间出一点毛病，你不说，我不说，谁知道。中国的历史仍要照着天书运转，只是这一段稍有出入，千年之后，事过境迁，就可以纠正过来了。"命运甲："那卧薪尝胆不成了没有意义的虚无名词。"命运乙："对后世的人而言，确是如此，他们根本不知道真相，有没有意义，根本对他们构不成意义。"

真迹

　　"诗，诗，诗诗，诗。"士心的私人对讲机响了起来，按下对话键，传来对方的声音："我是 RR 先生，请问你是士心先生吗？""是的。""我看到你在电脑传播公司刊登的寻稿启事。""那你准是拾到了那份稿件。""正是。""噢！谢天谢地。你知道，那稿件是五百年前大诗人余之中的手稿，我正想把它译成现代语，介绍给广大的读者呢，你知道，这是一项艰巨的任务。""那太好了。"

　　"你来啦，士心先生。""见到你太好了，RR 先生，那份稿件……""哦，在这儿。"RR 先生在他的电脑上按了按，屏幕上出现了几行用现代汉语写成的诗。"这是……""余之中的诗呀，士心先生。""哈，你还真行，五百年前的诗你也能译。看来我要改行啰。""哪里，这正是本公司最新最先进的产品，我们准备大量生产，以配合学府里研究五百年前诗作的热潮。哪，你是这方面的专才，看看译得如何。""好，很好，意境和情操全在。""那太好了。""不过，那份原稿呢？""噢，原稿，请等一等。"RR 先生对着呼叫机说话，"Miss28 请把 No.1677 文件拿进来。"不一会儿，Miss28 进来了。"RR 先生，No.1677 文件，已经送去焚化炉了。""什么？"士心跳到离地三尺。"哎呀，真对不起，我忘了吩咐他们，这稿件是要还给你的。不过没关系，原件的资料已输入储存库。""那是两回事。"士心垂头丧气。"有什么不同吗？储存库可以供给与原件一模一样的资料，我们又帮你将原诗译了出来，你的意愿不是已经完成了吗？""可那是古人的真迹——""又怎么样呢？""能卖钱呀！"

做

"不然，你教我做什么？"水伯说这句话的时候，已经是黄昏了。窗外，暮色正从远方轻轻地涌来，充满了风雨的味道。下班一踏入三楼的门口，又看到水伯提着一桶水在抹那陈旧不堪却又因无数次洗抹而清亮无比的叠玻璃窗。"水伯，怎么又在做这些事！"我对他说。"不然，你叫我做什么？"水伯回答。我心里暗叫一句"莫名其妙"。"休息一下，到床上躺一躺不是很好吗？""休息有什么好，去，真是的。"水伯不再理我，继续抹他的窗子。我没趣地走回自己的小房间。水伯抹完窗子，会继续抹地，抹二楼通到三楼的楼梯，甚至会把二楼的地板也抹上一抹，虽然他是住在三楼。然后他会上来抹冰箱，抹冰箱的下面，接着抹厨房的地，抹灶，抹他房间那面开向厨房的窗（那面窗是用格子网隔成的，他会每一个格子都抹遍），再然后抹桌子，抹椅子，抹杯子，抹筷子，抹所有厨房用具，抹所有可以抹的东西。老天，要把水伯抹过的东西，给数上一数，可也真不容易。一进入房间，隔壁房的马来西亚人又在说："老家伙又在骨头痒了。""是啰，自己拿来受。""成天抹呀抹的，给我呀，一个礼拜抹一次就偷笑了。"五天了，隔壁的房客老是重复这几句话，像水伯每晚重复地抹地一样。刚搬来的那天，隔壁有一个叫阿才的对我说："喂，告诉你，你们的水伯是神呢，他呀，一天抹地五次。""老人家爱干净嘛！"我投眼到水伯的房门外，嘴里虽然说人家爱干净，心里却想一天抹五次地，是有点过分，会不会是这个阿才夸大其词？"哎呀，老兄，爱干净也没有一天抹五次地这么厉害呀！"没再跟阿才谈下去，却在第二天证实了阿才的话。由于搬家，特别请了假，收拾那几箱书。昨天，也就是刚搬来的第一天，已经收拾得七七八八了，早上花了三个小时，就一切都妥了。拿一本书，在房外那条共有的走道上，坐下来，翻开第一页。是白天的缘故，几个马来西亚人都工作去了，整层楼也静得可爱。看到第三页的时候，水伯拖着一块地布，抹了过来，只好把双脚缩在椅子上，让他抹完了再说。看着看着，第十页，水伯又拖着一块地布出现了。心里想是不是刚才什么地方没抹着，或是抹得不够干净吧！不禁对水伯抹地的态度感到敬佩。可是看到第二十页的时候，他又来了。第四天，第五天，他不断地出现，已干扰了我读书的心情，我开始用厌恶的眼光去看他。阿才的话不知什么时候飘进我脑海，暗想，如此地抹下去，一天不止抹五次，不禁在厌恶之中增添了几许怀疑和讶异。直到我搬来的第四天，也就是昨天，一踏入三楼的梯口，听到四楼的陈先生站在连接三楼和四楼的梯级上说：“老家伙，别老是抹个不完，要走路都不能。”“就是嘛，老是在楼梯口抹呀抹的，叫人上上下下多不方便。”站在陈先生旁边的陈太太也说。“妈，快走嘛，水伯是个问题人物，多说无益，快走快走。”陈先生的大儿子在背后喊着。水伯也没回答他们话，轻轻挪开身子，待他们走远了，才小小声地说：“当然啦，你有妻有子，唉，要我不做这些，做什么呢？”水伯的声音小得像远去的鸟声。虽然不明白水伯的话，但是当我望向窗外自远处轻轻涌来的暮色，我明白水伯是固执着抹地这一回事，去反对他，去厌恶他，是无济于事的。好吧，冲一个凉再说吧！拿起毛巾衣裤，三步作两步地冲向冲凉房，希望在其他房客没回来之前，好好地把冲凉房占为己有。呵，水伯在洗冲凉房。“水伯，别洗了，我要冲凉。”“等一下吧，快好了。”等就是啰！但是水伯一直抹着，没有停手的意思。我虽然没戴着手表，却感觉到时间不断地在过去。暮色浓了，几个年轻的马来西亚人就快回来了。我等得烦躁起来，“水伯就别洗了。”“不洗？不洗你叫我做什么？”水伯回过头说。

　　天暗了。

战争

一

我来不及吃早餐就来上班了。

保定帝走了进来，把一大叠稿件往我桌上扔了下来，像极昨夜的梦，炸弹像粪便一样落了下来。

"赶着出版的。"保定帝每天都这么说。

"其实，这已经不是很重要了。"我想起昨夜的梦。

"什么……不很重要。"保定帝显然不明白我在讲什么。

"这些稿件已经不很重要了。"我把头枕向椅背。

"哦！那什么才重要呢？"

"战争！战争才重要，如何避免战争才是最重要的。"

"哦！是第三次世界大战吗？"

"第三次？我看不止了。"我似乎只能这样回答他。

"你可要当心哦，段誉，再胡说八道，老总可要不高兴了。"保定帝说完就走开了。

我翻阅那叠稿件。

左子穆走了进来，南海鳄神、木婉清也进了来。

大家埋首于稿纸之中。

翻稿声、抄稿声、写稿声相互地吵着。

"喂，午餐我们大家一起去吃客家煮炒好吗？"南海鳄神建议。

"好啊！好啊！"木婉清娇呼了起来。

"我倒想去吃后备军协的烧鹅。"左子穆小声地说。

"你呢？段誉，你有什么意见？"

"其实，"我慢慢地，生怕他们不接受我所要说出来的话，"这不是很重要。"

"重要的是战争，如何避免战争才是最重要的。"说着我把头探向老总房间的那一方。

"你在说什么嘛！"

"是啊，我们在问你，要去吃煮炒还是烧鹅，你乱说什么战争不战争的。"

"你们还不知道吗？昨晚我梦见战争已经发生了，炸弹像粪便一样落了下来。"

"哎呀！梦也好拿来讲。"南海鳄神白了我一眼。"现在我决定这样，今天去吃客家煮炒，明天去吃烧鹅，怎么样？”

“好呀！”木婉清又叫了。

“去不去呀，段誉？”左子穆轻轻地问我。

“去，去，一起上战场。”我小小声说。

保定帝和老总走了进来，大家低下了头，翻稿声、抄稿声、写稿声相互地吵着。

二

要去吃客家煮炒，得走一段不很长的路。

“等一下我会叫一碟苦瓜炒牛肉。”南海鳄神说。

“噢！我不吃牛肉。”左子穆提高了声音。

“为什么不吃牛肉呢？我很喜欢吃。”木婉清说。

“不吃牛肉，你吃什么？”南海鳄神问。

“芥蓝炒猪肉。”左子穆轻轻地说。

“好，一碟牛肉，一碟猪肉，各得所好，行了吧！”南海鳄神说完向天笑了起来，然后问我，“段誉，你要点什么菜？”

“这不是很重要。我，我随便。”

三

四碗饭端来了。四菜一汤也端来了。我们开始吃饭。碟里的食物渐渐减少，特别是苦瓜牛肉，牛肉一片一片地减少。看来南海鳄神特别喜欢吃牛肉。

木婉清把筷子夹向碟里的最后一块牛肉，忽然犹疑了一下说：

"南海鳄神，你来一块好吗？这块。"

"好呵，礼貌第一，谢了。"

最后一块牛肉让南海鳄神给吃了，木婉清抽回筷子，往嘴里含了一含。

四

往杂志社走的路上，阳光温柔了起来。

吃饱饭后的我，觉得昨晚的梦忽然间可笑了起来。

什么战争！

我们不是很好地吃了一顿很好的饭吗？

呵，苦瓜牛肉真叫人回味。

我只好告诉自己，以后不必对梦中出现的事物太耿耿于怀，佛洛伊德只是一个死人，我们才是活生生的人。

邂逅眼神

　　表面上，我是一只猫，一只爱捉老鼠的猫。我是说在我思考那个问题之前，我完完全全地是一只猫，一只爱捉老鼠的猫。其实现在的我，还是一只十足的猫，只不过对于老鼠这一回事，已经起了一点点变化，甚至可以说是怀疑。那一天，我正在追一只小老鼠。看上去他已经三天咬不到东西了，我轻易地把他捉住，正要张口的时候，我看到他的眼神。

　　那种眼神不是恐惧，不是愤怒，是一个很大的问号。

　　那个意思是说：为什么要捉我？

　　从我的角度问就是：我为什么要捉他？

　　为什么？

　　猫为什么要捉老鼠？

　　是谁安排猫一来到这个世界就要拼命地捉老鼠，甚至在胃里塞满东西的时候。

我思考，我不明白，所以我开始认为自己可能不是一只纯粹的猫。身为世间的猫怎会思索起这样的一个问题。无论如何，我已经对这一件事起了疑问，引申开来，我认为猫没有必要非吃鱼不可。何必呢？天天希望谁家的主妇抛出一两个鱼头，或者成天往那臭桶钻。为什么一定要活得像一只猫呢？吃鱼，抓老鼠，在屋顶叫春，在瓦上做爱，被人家拿竹竿赶来赶去，下午眯眼打盹，还有其他什么的。总之，身为猫，为什么非做这些不可？爪是我们的，毛是我们的，须是我们的，四肢是我们的，脑袋更是我们的，我们应该好好地想一想，我们固然是猫，但是精神是宇宙的，不是世间的。因此该有所行动了，至少要从我开始。

　　三个星期来，我的行动是不断地思考，不断地回忆那种眼神。

　　那种眼神令我不吃鱼，不捉鼠，不做爱，许多好心的猫警告我我已经瘦小得像一只老鼠，我只好对他们摇摇头，因为他们不曾思考，不曾邂逅那种眼神。

　　那一天，一只狗在沟边吃着一块什么。我走过他身边，原来他在吃着一块猪肉。真有办法，如果是以前，我会羡慕他的口福与运气。可是，现在，我只是走过他身旁。他却突然转身，张口朝我颈部咬了过来。

　　我想到了老鼠那种眼神。

　　狗并没有像我放掉那只老鼠一样放了我。

唯一的作品

事情的开始，实在叫人吃惊。

这样的一个地方，竟然有一样这样怪异的东西出现。

这个怪异的东西，竟然隐藏了一件叫人瞠舌的事情。

一个被鉴定之后，认为是记录器的小金属盒——这里要先声明，这个记录器，依科学家的分析，照人类目前的科技进展，要到一万年后，才能生产这样的精密器具，而构成这记录器的金属，在现代文明里并不曾有过——说出一个骇人听闻的会议记录。

把它说成是会议记录，是不是最恰当的，鬼才知道。

这个记录，通过全球电子网，播入每一个地球人的耳膜，尤其是正用电脑波电速进行创作的全球文学家，听得更清楚。

甲：请各位静一静，我现在要向大家报告我的调查结果。调查结果显示，我们的朋友，人类，并没有听从我们的劝告，仍继续以他们脑中的密码写作，使他们的作品不具有人类性。

乙：他们难道不怕最后的审判吗？

甲：他们不但不怕，而且发现我们输给他们供他们参考用的密码之后，就拼命地挖掘，拼命地发表、出书，完全没有写出一篇半句具人类本性的作品。

乙：可是，这完全是我们惹的祸，我们不应该输给他们密码。

丙：如果不这样，人又怎么可能有文字，有文化呢？

甲：错者已错，看来，我们要把最后的审判提前举行了。

乙：没有折中的法子吗？

丙：他们之中应该有人是不用我们的密码写作的。

甲：有或者没有，经过最后审判自可分晓。

乙：唉，到时候，所有的书就要被烧光了。

丙：总有一两本不是密码吧！

简单的会议，使得全球的人大感恐慌，因为这时候的地球人，几乎每个都是文学家，地球的每个角落都堆满了书。

说时迟，那时快，不知什么时候，一本本的书、刊物、手稿、印影本，真的烧了起来。那些火，像极了古时候传言的洪炉火，令人悲伤极了。

有的人为了救火，扑入书中，化成了悲伤的一分子。

人鸟之间

　　她常常自怨自艾的，她什么都不能做，除了自怨自艾。

　　家里的琐碎事情，有十多个用人在照顾着，包括她的衣食住行，包括她整个人。

　　甚至有时想逗逗鸟屋里的鸟儿，他却常常说："你还是省省吧，我的鸟儿都是经过专家特别训练的，唱的歌特别好听，你整天用那么难听的口哨向它们吱喳个不停，它们的歌声都快被你弄坏了，看不就够了吗？吵什么吵。"

　　她什么话都不能反驳他的，谁叫她是他的老婆，谁叫她是一个女人，一个很丑陋的女人。

　　住在山芭的时候，他是一个穷小子，她也穷。他找不到人，她也没人要。

　　她不嫌他穷，因为他是一个肯拼的青年。

　　他不嫌她难看，因为当时他很穷。

　　就这样，两个人拜了天地，再入洞房。

过了三年，他忽然有了钱，有了许多钱。她不知道为什么忽然之间他有了许多钱，他的事她是不过问的。可是他有了钱，就买洋房，买汽车，还买了很多女人，他说她很丑。

　　这一天，她又来到了鸟屋。

　　满屋的鸟话她是听不懂的，可是今天所有的鸟似乎在重复着一句话：你最美丽。

　　起初她觉得奇怪，接着有点害羞，再来她感到兴奋，这里只有她一个人，众鸟说的"你"应该是指她。

　　她真的不敢相信，鸟竟能讲人话，竟对着她说"你最美丽"。

　　她为了证明自己的耳朵，大声地嚷："你们说什么，谁最美丽？"

　　"你最美丽。"

　　"你最美丽。"

　　她开始激动了：你们简直在讲鸟话，这个世界上最丑的人是我，最美丽的又怎会是我。

　　"你的确是最美丽的。"

　　"我的丈夫却养了许多女人呢！"她说，"连我的妈妈都说我是最丑的。"

　　"那是人的标准，在鸟的世界里，你是世界上最美的。"

　　"真的吗？"她从不曾听过这样的赞美。

　　"是的，现在你的美被人类的躯体所掩盖了，如果你愿意变成一只鸟，你的光芒将是盖世的。"

"我愿意！我愿意，将我变成鸟吧！"她实在不敢想象那种美的程度。

"那你向前走吧！"

她一步一步地跨着，然后觉得眼前一亮，拍着翅膀就栖在屋梁上了。

这时候她的丈夫回来了。

"这个黄脸婆是不是又跑来鸟屋，胡乱地吹口哨。"

然后他看到屋梁上的鸟："好漂亮的鸟！"

她快乐地飞向他，飞向他正拿起的鸟笼。

愣眼

"你手上拿的是什么？"一进门妻就问。

"一幅画。现代画。"

"现代画？"

"是呵，刚才经过红灯码头，一位老同学在那儿开露天画展，还真围了不少人，他见了我，硬要送我一幅，是非卖品。"

"哦！让我看看。"

妻打开包画的纸，整张画像在流血，画呈菱形，下方有一颗像是眼睛的东西，愣在那边。

"哎哟！现代画。"妻淡淡地说。

"把它挂在那边吧！"我的手向后一指。

"要挂起来呵！"

"是呵，这位老同学大后天要来拜访我呢！据说他是画坛前卫，大有名气。"

"你看看，这画挂在这里，还可以吗？"

"好，好。"我的老同学望着墙上的画直叫好，看来画摆得可真合他心意。他来的时候是十二点多，我也料到他会在这个时候来访，早叫妻下厨弄了好几道小菜，准备好好和这个画坛前卫的老同学吃上一顿。饭后，我们聊了将近两个小时。在这一小时多内，我真感谢图书馆那几本有关现代画的书。

"我得走了。"我的老同学看看手表，然后说。

"好吧！我们下次再聊。"

送走了这位老同学后，折回那幅画跟前，看了看，把它拿了下来。隆的一声，窗外下起大雨。我坐在沙发上，把报纸摊到经济版。妻在厨房清理。

叮咚。门铃响了。

往防盗孔一望，那位老同学又折回来了，还湿了一身。

我快手快脚地重新挂上那幅画。然后再去开门。

"对不起，雨太大了。"

"那就多坐一会儿吧！"我说，"我去拿条毛巾给你。"

当我从房里走出来的时候，我的老同学正在那幅画跟前端详。

"你真行，只不过几分钟的时间，你就想到把画倒过来放，效果完全不同，完全不同了。"

有梦与无梦

甲种碳水化合物对乙种碳水化合物说：

你好像瘦了许多。

不是吗？我患了不梦症。

那你还不快去买一架马力练梦露，刺激刺激你体内的梦素。

哎呀，这种机器刚刚上市，又这么多人抢着买，本来就令人心惊的价格更是骇人了，怎么买得起，等一阵子看看价格会不会下跌，到时再买也不迟。

可是，健康要紧啊！

算了吧！空气正在我们四周呢！

过了三个月。

那种机器由于不断改良，抢购的人更多了，价格也不见下跌。乙更形消瘦了，可是他还是很有耐心地等着，虽然在夜里，不曾有过一丁点的梦，他还是等着。

又过了三个月。

乙还是等着。在这些日子当中，他简直失去了夜晚。可是他还是等着，等那机器价格的下降，也期望空气能付与他更高的酬劳，以答谢他几年来所付出的，那么他就可以拥有一架马力练梦露了。

一个月后，宇宙生死记忆里留下了他的一句话：

不于梦中消逝的遗憾即谓人生。

再一个月，什么也没有了。马力练梦露的价格不曾下跌。空气还是无处不在。

珊顿人语

隔着玻璃珊顿道的车辆稀疏地穿过。行人没有足音地走绿色人生，有人不理睬红色的警告，匆匆而过。只有路真正不作声，不看车辆，不看彩裙。天空是唯一的广阔，尤其是今天。

我和你靠着椅背。

麦香鸡一点鸡的味道也没有。

一些东西的特色就是这样形成的。

你望着斜角的那个女孩。

她会不会是一个作家，在找灵感。

很难讲。

在麦当劳里面会有作家在找灵感实在令人想不起，像我们要在十八岁的笑声中找罗曼蒂克一样。而我们在彼此的话语彼此的眼神中找到了鱼柳包以外的喜悦，写文章写诗，应该不难。

外面有一个游客把镜头对准这里。

他会不会拍到我们。

很难讲。

毕竟隔一层玻璃，外面的人怎能看清楚里面是不是有人在吃巨无霸，何况是一个外国人手中的镜头。

他大概要拍下外面发亮的招牌吧。

除了这些，他还能拍些什么，他是个游客呢！

已经好一会儿了，路上一辆车也没有掠过，交通灯默默地交换独特的色彩。一点气氛也没有，红艳的情绪没有了，兴奋也不见得有多少。也许交通灯上的红彩还有点佳节的味道。它不会突然地爆炸开来，也不会永久地亮着，广阔的云天下，它是商业中心的一柱交通指示者。你说说看，这个时候，在珊顿道，有什么可以拍呢？

他走开了。

走开也好，下去他就会看到鱼尾狮。

是了，红灯码头应该会比较热闹一点。

要吃薯条吗？

叫多一杯柠檬。

年纪很轻的女侍派了一封红包给隔座的一个小孩子：

Happy New Year！

特备节目

爸，我去逛月亮了。

一起去好吗？

不行，你忘了等一下有耆星的特备节目吗？

是吗？

就这样，我走了。

老人轻轻地坐在安乐椅上，玩弄手上的电视遥控器。很不愿意想起了晚餐，机械地按下一个钮。面前的电视机伸出一只托着两粒压缩丸的机械手，老人张开缺牙的口，吞下食物丸和食水丸所组成的晚餐。乏味地按下特备节目，把身躯埋入安乐椅中。

镜头通过时间隧道，出现了耆星凹凸不平的表面，接着微粒荧光屏映现了一座全黑的古代堡垒，里面庄严而显得空洞，全黑的安乐椅上坐着一个个的老人。镜头由一个老人的脸纹转向另一个老人的脸纹转向另一个老人的脸纹转向另一个老人的脸纹。他们的眼神是安详的，脸色却非常不屑。最后镜头停在他们前面不远处，持续了好几分钟，一个老人愤怒地走向镜头：一个老人有什么好看，这样的特备节目。

画面暗了下来。

蟑螂

经过多年的研究，人类终于发明了一种以 X 光放射线为主的 "X 光杀蟑笔" 来对付几亿年后还可能存在的蟑螂。

我非常讨厌蟑螂。许多人都讨厌。尤其是吃饱之后，呷一两口酒的时候，它就偷偷地由墙角爬进你的裤管里，那种感觉足以令人打破世运的跳高纪录。最糟糕的是躲入被窝时，它突地由天而降钻入你的头发里。所以人人身边有一支 "杀蟑笔"。

现在，我正守着墙角一个可能是蟑螂窝的小洞。

一对叫人看了就恶心的红褐色触须不断地探出洞来。

我已放了好几次 X 光。光线一到洞口，它停顿了一下，便缩回洞里。不久，又探出须来。我再按笔上的放射掣，光线一到洞口，它停顿了一下，缩回洞里，又探了出来。

就这样那家伙一探一缩，光线一放一收。坚持了好久，那家伙像对 "杀蟑笔" 无所畏惧无动于衷。

最后我的放射线用尽了。

那家伙终于爬了出来，实在不应该说爬，倒有点像被后面的什么推着出来。果然，后面另外有一只在推着这只有超能力的前锋。

跟着的还有两只，都肥壮得很。

四只都出了洞外，除了被推出来的那只一动也不动外，其他三只在相互地挥动着触须，有点像在欢呼。

我轻轻地抓起桌上的另一支"杀蟑笔"，按了四下，除了那只动也不动外，其他三只马上把肚皮给翻了过来。

我蹲下去端详了好一会儿。

古人有一句话，三个臭皮匠抵个诸葛亮，果然一点也不错。

那只被推出来，一动也不动的，其实是只人造的塑胶蟑螂。

日历纸

又是冷清的时候，他拉出那个旧的皮箱，开始数着一张张他亲手由一本本日历簿上撕下存起来的日历纸。

一个中年人走了进来：要是有那么多钞票就好了。

哦，你好，不过是收着玩的。

怎么，没生意上门。

人老了，手不灵活，都溜到对面女师父那儿去了。

给我理一个吧。

他刻意地在中年人头上下功夫，每个动作都那么专心，每一根发丝都那么在意，尤其是当他面对镜子看到自己的发丝，双手发抖得更厉害了。

隔壁的年仔走了进来。

阿伯，这是什么？

没有人应他。

年仔打开那皮箱，嬉笑地一张张撕了起来。

他对中年人的头发相了相，起先也没注意些什么，后来心里一跳，回过了头。

你！

手上的剪刀轻轻地划向中年人的耳根。

一道血红深深地开在他心里。

死亡的梦

他突地从梦中坐起。被单掉在地上，再也睡不着。

他害怕极了，满身都是汗。

在梦中，他看到一大片沙漠，他的床就在沙漠之中。四周都是大堆机械，大堆破损的机械。有些非常的巨大有些很小型，有的依稀可以认出是什么机器，有的见都没见过，从床底一直堆到很远很远的地方去，好像是整个世界。中间偶尔立一两株仙人掌，很枯瘦。他不在床上，他看见自己从一株奇瘦的仙人掌旁边推开废机器，满身沙石地爬了出来。全身都是蛆虫和腐烂，他是由没有棺材的坟墓里爬出来。他竟然站了起来，撞撞跌跌地越过机械堆，爬上床，睡了下去。

他害怕极了。

被单掉在地上，夜包围着他。

他空洞地坐在床上。

三点四点五点六点七点八点。

他走下床。

洗漱。

然后他想起蛆虫和腐烂，对着镜子嗅自己的身体四肢。嗅。嗅嗅。嗅。慢慢地嗅到一些味道，慢慢地恶臭了起来。

他想呕。

害怕。

他不明白自己怎么还会站在这里，他早应该是一方墓碑，供别人匆匆走过。

而他还在这里。还在这里的意义是必须和别人一样，必须吃早餐必须等巴士必须看不同的脸孔必须数花花绿绿的钞票。

但是他恐惧，别人怎会接受他已腐烂的事实。

他忽然想起昨天珍妮送给他的那瓶法国香水。

他在桌上找到那香水，没头没脑地喷了起来，从上到下，穿上衣服，再喷一次。

香水剩下半瓶。

在等车的时候，他认为珍妮一定早已看穿了他，不然为什么无端地送他一瓶法国香水。

车站的人都望向他，有几个还站得远远的，他知道自己的香水政策失败了。车上的人也一样，他旁边的位子一直空着。

他的恐惧加倍。

银行看门的印度人一直盯着他，双眼流露无限的讶异，尽量把身体退向门边。

所有的同事有着同样的表情。

他的恐惧加倍。

坐在出纳处，不理顾客的表情和动作，木然数着钞票数着钞票。

他的恐惧加倍。

数着钞票数着钞票。

恐惧加倍。

数着钞票数着钞票。

加倍。

一根乌黑的枪管伸了进来。

当他抬起充满恐惧的双眼，他看到持枪的竟是送他香水的珍妮。

"把所有的钱拿出来。"

乌黑地说完这句话，含羞的愤怒促使他的双手抓了过去。

恐惧。

山洞

　　第一个来邀他的时候，他就满口答应了，现在竟多达十几个人来请他前去。他开始为自己未来的途程而兴奋。

　　早上五点左右，他到指定的集合地点。大家惊讶他什么也没有准备，他却认为他们带了许多累赘。大家嘲笑地把地图打开，看着地图上的路线及目的地，他慢慢感觉到有点奇怪。

　　"这就是所谓到目前为止最那个的山洞吗？"

　　没有人回答他。

　　队伍缓缓地开动了。

　　他心中格外兴奋，有些不很陌生的事在干扰着他。

　　流了满头大汗，眼前出现一个山洞。

　　"呵！"他是第一声惊叫，接着各人也都叫了起来。

　　大家有终于来到的感觉。

　　每个人都没有说出一点感觉，只投向洞内一种似茫然的眼光。

大家沉默了好一阵，他知道这是为什么。大家都和他一样的兴奋。

　　他们在一棵大树下搭起一个大营，讨论着细节，他看着天空的故事。

　　"好，就这样决定，汪罗严，你留守营地，其他的人准备。"

　　有一个好心送他一支手电筒，他接了，跟他们缓缓走入洞内。他走在最后。没有扭亮电筒，因为大家的已经够亮了。

　　他知道有滴答滴答的声响跟在四周，看大家没什么反应，也就不敢说出那一句骇人的话。

　　忽然间他觉得自己落得太后了，前面的灯光慢慢逝去，追上前，却把他与光的距离拉得更远。扭开电筒，不见一丝光，坏的。

　　举起双手，碰向身边黑冷的洞壁。摸索着走向前。跌了一跤，再跌一跤，他清楚只有倒折回去才是明智之举。不过他渐渐感到走入许多弯弯曲曲不是来时路的路。猛地抓起双手朝自己眼前一放，什么也没有，甚至感觉不到双手的存在。他拼命地张眼，什么也没有。

　　蹲下去，拾起一块尖石，他要从现在起用这块石在他走过的洞壁刻下自己的名字，以便他的同伴来找回失落的他。走着走着，手酸了，肚空了。眼泪，眼泪落下来也变成冰冷无助。后悔的情绪袭上心头。风冷冷地吹起，这种地方也会有风。真不明白，也没有多少时间去思索这一问题。再次的跌坐使他懒得再爬起来，索性就坐在冷湿坚硬的黑地上。一冷静下来，他奇怪为什么开始的时候心情会是那么兴奋。越坐越后悔，后悔什么他说不出。也许不该来，也许该带一些东西进来，至少食物或者一把好的手电筒什么的。现在呢？他想看表，什么也看不见，现在是什么时候了，他们该发觉到我的不存在了吧？搜查工作应该开始了吧？对，我不能再继续走下去。就坐在那里，等待他们来到。可是他又听到一些声音又嗅到一些味道了，只是看不到什么，支持起身，扶着洞壁向前。他认为干等倒不如自己寻找生路，说不定能和他们碰头。黑暗开始以一种空洞的声音回响他的寻找。他确确实实地害怕了，确确实实地发冷了，确确实实地饿慌了。他恐惧就此含恨此洞。现在他连拿起石头在壁上刻点黑暗都不想了。他听到前面滴水的声音，他惊起，至少水是流往洞外，伸手，冷得他把手缩了回来。一阵强风吹来，他缩紧身子，讶异衣服的破烂，只有衣领死命地贴在颈上。那边回应他泣泣的泣，却听不见自己开口的咆哮。最后他只好恣意地笑了起来，并且神经质地点着头。接着，他意外地走到洞口，迟疑着是否已神经崩溃了，因为外面也和里面一样黑寒，只不过有些叶的幽冥罢了。是幻觉吧，他走前又退后，退后又向前。终于他流着涕决定走出去，就轻轻地被石头绊了一下，整个头栽向洞外的石头，溅了一地的血。

星期日和星期一

　　找了许多天许多地方之后，他决定在这棵矮树下筑窝，并不是他找不到高的树，只不过他觉得高高的树实在高不过那些几十层冰冷的玻璃窗。而且这里还围着一堵坚硬的矮墙，确可避免许多不必要的麻烦，何况还有树和花草。最主要的是他找了许多天许多地方，只有这里最恬静。

　　于是，他开始收集材料，花了整个下午尽量把窝造得温暖。睡之前，还打算明天可以找一个伴来同享这小天地。后来他睡着了，梦见一个有美丽羽毛的告诉他这真是一窝桃源。

　　第一道灿烂还没有来到之前他的翅膀已经振动了。

　　中午，他飞回来，把她带回来之前，应再装饰装饰这住处。当他飞过矮墙时，他开始感到讶异，有许多车声，当然也有人声，却不知从哪里钻出来，像是由地心来的。还有一些不可名状的怪声，凶恶的飞禽走兽一时间都出现了，远远地望着那棵矮树，双羽有湿的感觉。他很不愿意地飞到树下，只看到温暖的粉碎。

他望向天空。

上帝的错误

上帝造出了亚当，并让他住进伊甸园。

第一天，亚当四处走动。

第二天，上帝对亚当说："我要给你一个同伴。""有这个必要吗？"亚当赤裸地问上帝。"是的，你需要一个同伴与你共同管理伊甸园。"上帝的声音响在云后。

第三天，亚当在一阵刺痛之后，手中便抱着一个有蛇腰和熟透的红苹果脸的夏娃。夏娃的手勾住亚当的颈，亚当在夏娃的小嘴上轻轻地碰了一下。

第四天，亚当对上帝说："我们要离开这里。""为什么？""我们要创造一个属于自己的伊甸园。"

第五天，上帝等待亚当夏娃的回心。

第六天，上帝愤怒地向外界公布将亚当夏娃逐出伊甸园。

爱情

他拉开被单，坐了起来，并没有像电影里的主角一样抽起烟。他原本就不抽烟。

这就是爱情吗？

她守了十年只能守住这样的一个问号。

也许吧！

他望着放在灯台上的钻石戒指和珍珠项链。

公司方面有什么进展。她问。

赚钱。

总算我没有看错人。

她把头偎向他的胸膛。

是的，我该双倍地补偿你。

他把头埋向她的双乳。

她闭眼轻按他的头。

你们的佳期定了吗？

他停了，又继续同一动作。

红鞋

第一章

寻人启事

七十高龄老妇，离家一月未返。离家前身着黑衫黑裤，脚着鲜红绒鞋。敬请公众人士代为寻找，有任何消息请电二一二四八八四与陈君联络，将以厚酬谢之。

第二章

今晚谁陪我去看《三娘教子》？

祖母从她那间很少开灯的房里带出问号。

这种戏。

我有一个 Party 要去。

我约了同事。

我朋友生日。

明天有测验。

今晚有电视连续剧呢。

我想早点睡。

不想看。

第三章

叫你买红色的你为什么买黑色的。

找不到红色的嘛！

是呵，这种款式又要鲜红色，哪里找？

我不信，你们专跟我作对。

改次好吗？婆。

改次！太迟了！现在穿都已经迟了还改次。

将就点嘛！

不行不行，我不要黑色的，整只黑沉沉的，脏里脏气。
告诉你们我这身衣服的颜色也要换过。

黑色不好吗？要换什么颜色。

红色。

第四章

婆，你在哪里买到的？这一双。

祖母低下头望着穿在脚上的鲜红绒布鞋，良久，抬起稀疏而染得黑黑的头发，用手指向身后她那间很少开灯的房间：在床下皮箱里找到的。

奶色的齿间隐约迸出一句：他送的。径向大门走去。

你要去哪里？

找。

找朋友吗？哪里？

祖母摇头，整个身子挪出门外。

蛙疼

　　这是怎么一回事？痛死我了。我得爬起来看看。天啊！我的前肢呢？我的后肢呢？我的身体呢？痛死我了。我的躯体我的四肢。四肢四轮。黑压压的轮子。风，四轮，痛死了。牛车轮不是这个样子，黑得痛死痛死。我，我，第一次，从田里爬出来。痛，跳到这种路面，黑沉沉的，有一些风的声音。没有人，我见不到人。痛死了，然后风吹来，吹来。像牛车一样的四只黑轮。我跳起来，那怪物，那怪物。痛。我的四脚呢？好冷，冷——

　　一片枯叶落下，盖了上去。

红灯

八点四十分。

狠狠踩一脚阻碍时间的黑。

倒霉。又是红灯。

已经是八点四十多了。真糟，九点一定要到的，可是，从这里到那边，至少也要三十多分钟。倒霉。

眼睛一暗一亮，车子急驰。

希望能赶到。

又有交通灯。快点，妈的，这样慢。

两手一弧一收，割了过去。

红灯又亮。

煞车。

妈的，又过不了。

八点四十五。九点要到九点要到呵。

灯色换，车子驶出。

不能再红灯了。

这些死人车，这么慢，死人车。

割了一辆又一辆，死人车。

黄了，黄了。

急踩。

回过头看那些被截在白线内的死人车。

呸，红灯。

哎呀，没有时间了。

车后喷出一股黑烟，把车子推向前。

一根瘦长银白色的交通灯很耐心地伸出一只手立在前方。

黄了，黄了。

一辆跑车冲了过去。

快。跟着。

碰。

红灯亮着。

霓虹醒在夜的各处。

九点。

蝴蝶梦

有许多根冰冷的指头四方八面地刺向我们近乎无知的鼻尖。

我一开始就不是沉默的了，只有你还有一点点白兔的阴影。

我把拇指和食指含在嘴里，吹击自己的空气，振动出一声叛——逆。一只白马滚滚腾跃而来。我带起你耸上高高的马背，向茫茫云空叱咤而去。没有扬鞭，也无鞭。

一时间流石怒飞，崖上的族类噪着。

"反了反了，竟敢逃遁。"

流石再飞。

四蹄奔不出如是的射程，所幸他们皆非神射手。

"怎么办？这些石头。"你问。

"我带着庄子。"我答。

前方已经没有云了，马仰首，一声长鸣。你抱着我，翻

179

下马去。之后，风不允许我紧抓你柔白的兔毛。

我堕入一座华厦的高速电梯里。

四个角落站着四个可憎的面目。伸手，电梯不实际地泻下。

我心开始上升，发热，迸出白光，我是一团白光。

灼手，耀眼。

我撞熔厚厚的梯门。

啊，原来已经是地面了。

我奔出大厦，奔向马路，奔向由对面大厦奔驰而来的一身花香。

菊花开满眼角。

"怎么样了？"我问。

"好多蝴蝶啊！"你答。

问题

"在门前种几根竹，你看如何？"

"是很不错，不过……"

"那你说要种多少，才够雅呢！"

"不过我还是认为，挖一个小池，种几枝莲。"

"不不不，竹比较清雅。"

"你不知道，这个莲是出于……"突然想起一件重要的事。"A，昨天你们讲了一大堆，还是说不出叶子结果会到哪里去。"

"不是告诉了你吗？叶子一离开枝头，就到我的诗里来了。"

"可是，我总认为这是佛经上的问题。"

"不不，你看看这首。这不是活生生的叶子吗？"

"哎，你不了解什么是来处来去处去。"

"告诉你，这是……比如说李商隐……不，还是拿竹来作比喻。"

"我始终认为莲比较……"

有一个声音无情地插进来:"老板,包好了没有?"

"哦,我现在就包就包。"

那声音接过了东西之后,抛一眼不屑,跨出店门。

门两侧挂着对联,颜色褪褪的。门上方有一匾金字黑底,金字漆得近乎灰。和隔邻的比起来,就不知要怎么说了。

再下去几间有些门庭若市,有些也总有几个窄裤管的影子。

树呢?放眼过去,连一片残叶也看不到。

只有远远爬满雾的山头,也许有几朵莲几根竹。

也许没有。

附录

等雪，自世纪末的狮城

——读董农政微型小说《没有时间的雪》

希尼尔

1. 收获一座记忆深陷的雪原

农政为终年是夏的狮城带来一场雪，大雪复活了古老的艺术形态，在文学版图变幻的末世，摇摇欲坠的社会思潮下，一个海外异乡人的微型小屋，得到大雪适度的关怀。

这 67 片"飘雪"有熟悉的颜色，在跨越 14 载的时空陆续以不同的风格降临。从较早（1985 年）发表的作品至近期（1998 年）的创作、产量的分布并不十分均匀，当中 1991 年是欠缺作品的一年，又似乎是其微型小说创作的分水岭；无论从质或量的角度来观察，1991 年以前的作品展示了实验性与探索意味较强的表现手法，集中较出色的作品多显现在后半期。这或许是 1992 年本区域主要的刊物《微型小说》季刊创刊后给农政带来一定程度的影响；在《微型小说》发刊后的五年期间，他从一名创作者进而参与美术编辑并受邀为主编，这整个过程中除了积极推动微型小说活动的正面效应外，最大的收获是自身的创作量也相应地增加了，他是过去 22 期《微型小说》季刊发表篇数最高的创作者。这些作品的量也占了整个时期（1992 年–1998 年）发表作品的一半以上（约 55% 强）。

农政编选的这本集子共分 6 辑，每辑的篇数不一，一发表时序由近至远排列，并冠以极富诗意的辑题。当中，每个辑题的首字颇为巧思地构成了一句"引题诗"，并直扣其书名：没–有–时–间–的–雪。

令人瞩目的是第一及第二辑里作品的"禅意"，作者早在 1989 年报章发表作品时，就"刻意"标注"禅意"以启示读者。往后的作品，偶尔以"微型禅话"类别之，偶尔以深具禅思的插图配合之，一股"禅风十足"的模样。

2. 禅吾禅以及人之禅

每一个时代的艺术精神总是要寻求最适合表现自己的艺术类型，从而达到一种容量更大、反映社会生活更直接与通俗的形式。面临这种文学变迁不着痕迹的新抉择边缘，农政以现代"禅小说"的艺术形式，去传达文学动态的内容与繁复的寓意，突破了一般作者在固有的微型小说那"轻薄短小"的框框内打转或原地踏步的停止现象，并完成了观照一个文学时代的新体系。

禅是佛教中一种有特点的修持方法，要求的是不动情的心境湛然。佛教在魏晋以后的中国化的全面演化过程中，创立了适合士大夫心理、生活情调、审美趣味的中国化佛教——禅宗。因而，与其说禅宗是一种宗教，不如说它更像一种生活方式、人生哲学。农政把当代的生活方式、人生哲学以小说美学的形式呈现在二十世纪末的时空里，未尝不也是"禅学"在海外的另一种形式的延续。至于作者不以禅入诗（这是他擅长的文体），而以"异于正史，犹野生之椑"的小说为载体，颇有续禅师们惯用的机锋、棒喝、灯录之类的形式与读者沟通，进而诠释禅机。

收录此书中约有三分之一的作品深具禅思。虽说早期的禅宗有"以心传心，不立文字"的修行方式，不过，禅悟之境虽难言，但最终不得不言，除非不想与自身之外的人相通，而在禅门外谈禅悟，是以"平常"对"超常"，让常人能有所顿悟。

农政通过"不诵经，不坐禅，不离朝市，不持戒禁"的方式，以"禅小说"作为桥梁，也许是一种捷径。

日本的铃木大拙在他的著作《禅与心理分析》一书里就有这些令人"迷惑"的话语："参公案时，吃或喝，不是自己吃喝，是公案在吃喝。""方是圆，圆是方""当他是自己而又不是自己时，他才是自由的。"我们回头看农政一些作品的节录：

伞外只有雨，雨外也只有雨，没有其他的伞，也根本没有路人，也许因为有这场雨吧！

——《雨住我和别人和距离》

金木水火土，何者在前？

地水火风空。

是相生重要，还是相克重要？

吃饱了就把碗碟给洗了吧！

——《在饭桌边想到的》

那个地方住着的，都是人。

那个地方原先是没有神和狗的，但是不知道为什么后来
有了。

人也就懂得了修行。

但只是懂。

——《堕落得只懂得拜神和养狗》

"这样的经文各位可看得通？"

没有点头。

"那还是做人吧！"

——《落发为僧》

●吴寄先生，我要学佛。

吴寄：去读心经。

●已经读了，读不懂。

吴寄：去读心经。

●读不懂呀！

吴寄：找一片泥土埋了吧！

——《无的心语》

问："和尚为什么说即心即佛？"

师曰："为止小儿啼。"

问："啼止时如何？"

师曰："非心非佛。"

——《五灯会元》卷三

问："如何是平常心？"

师曰："要眠即眠，要坐即坐。"

问："常人不会，意旨如何？"

师曰："热即取凉，寒即向火。"

——《五灯会元》卷四

随手拈来，即得"生活禅话"多则，后两则乃取自禅宗典籍《五灯会元》，让读者加以辨析与体会两者之间寓意的异同处。总体来说，作者似乎在表达一种都市文明的疏离感，喧嚣中的寂寞与忙碌中的空虚，从而勾画出一种方向：任何思维的活动，不离世间觉，若能有所悟，便会产生悟道愉悦，在这刹那的顿悟中，人似乎会超越一切时空、因果，预见到无我的永恒。

所谓禅的生活，不外乎自内心的体验中达到万象化一，物我混同，追求一个高度综合的境界，即观照心像、情感，哲理及审美情趣完美融合的"高峰体验"。集子里就有一些可取的片段：

牧童充满笑容的脸在说话：我为什么要一辈子带你吃一辈子的草？

因为我是牛，你是牧童，你要牧养我。

——《要吃一辈子的草》

半夜，我得了咳症。

我对着众多打着鼾的高低组屋说：不介意我再咳一会儿吧？

他们用钢骨水泥了一整天的声音敲打夜空：我们很介意。

——《我不介意他们介意》

丢了念珠的和尚抬着半条有光泽的腿，丢了佛钵的和尚抬着半边有嫩意的乳房，一步一步地走，天色在想看心的颜色。

——《妇人要念珠佛钵》

生活中最难以认知的，莫非"悟"，虽说禅悟所求非常简单，只是认识本心，认识自性。不过，心为（感知的）境移，心有烦恼则迷。上述显然是作者在字里行间透露的一些观察的信息，为我们的心灵添补一方"禅味鸡汤"。

3. 积雪带着历史的愁容

若从审美的角度来看集中的小说，达到"禅诗"般的境界的作品有：《街口门口或者心口》《没有时间的雪》《落发为僧》以及《没有青蛇》等篇。以《街口门口或者心口》为例，作者布置了一个具象（田鸡）在三个不同的时空里（田里/城里/地铁里）出现，由一种结局引出了三个迥然不同的处置方式（煮一碗田鸡粥/买一口上好的棺木/化缘去吧），从而（由师父）点出了三个不同层次的微妙禅境（摆在街口/门口/心口），让读者去自我禅悟。

《没有时间的雪》有诗意的题旨，意念与结构，一瞬间教人联想起北岛的诗句：总是带着历史的愁容/注视着积雪、空行。

文中雪的具象（乳房、唇、手、心房）以及周遭环境的意象（黑暗、火花、烟）等都在撑托"一团雪""无法领悟黑暗中的一点禅机"；而"从求学时代开始，我就用全部的时间爱你"——这段话则点出了天机：雪，以及雪白的肉体蕴藏着的是作者难分难舍的爱，语文的爱，文化的爱。

爱，怎么会变成是雪？这篇作品创作于1990年，正是母语的地位刚被大调整的年代，作者似乎传达了对母族文化的执着与一种微弱的呐喊。那爱，虽"没有先前的暖和，仍然胜过所有的黑。"——以禅意渗入小小说，有意想不到的表达快感。

4.飘雪在下个华丽的世纪

农政在建构他的文学大楼时，适逢世纪末的乱象，不过，这并不妨碍文学史的传承。令人惋惜的是，农政那种推翻小说的万有引力——那个从开头经过中腰抵达结尾的惯性——的创作努力并没有引起评论者的注目，当我们翻阅1996年出版的《世界华文微型小说论》集时，国内外（除了林高的论文）的多篇探讨海外微型小说的论述中，农政的作品并没有得到相对分量的重视。这或许是其作品无法以传统的小说理论归纳、分析，或是内涵意念的"难懂与悟"，徒留文学史的空白与文学工作者孤寂的身影！

这也许是小说实验的最大吊诡了。经八十年代的推动与九十年代的茁壮，微型小说繁盛的纪元看似方才降临，锲而不舍的文学工作者总有其与时俱变的处方，世纪将尽，农政在这浮光掠影的刹那捕捉了远方"禅景"，下一个世纪的微型景象，应有一场平和但精致的开端。

下个华丽的世纪初，同样是浮城、河畔，禅化的爱，文学的心情，在没有时间的催促下，等一场"用全部时间爱你"的雪，是一桩愉快的事。